Kristina Roy

Als das Leben begann

FRANCKE
Verlag der Francke-Buchhandlung GmbH

Die Deutsche Bibliothek – CIP-Einheitsaufnahme

Roy, Kristina:
Als das Leben begann / Kristina Roy. – Marburg an der Lahn :
Francke, 1992
(Edition C : H, [Heimatlicht] ; Nr. 60)
ISBN 3-88224-949-8
NE: Edition C / H

3550 Marburg an der Lahn
Umschlaggestaltung: Gudrun Dresbach
Texterfassung: Verlag der Francke-Buchhandlung GmbH
Manuela Weigand
Satz: Druckerei Schröder, 3552 Wetter/Hessen
Druck: St.-Johannis-Druckerei, Lahr 27848

Edition C, Nr. H 60

Es war Abend, und die Sonne versank hinter den Bergen. Ich stand am Saum des kleinen Föhrenwäldchens und sah auf das slowakische Dorf Topolova hinab, das mir nun Heimat werden sollte. Obwohl es mir noch fremd war, erschien es mir in dieser Stunde wie ein Paradies. Die Bäume prangten jetzt, zur Herbstzeit, im schönsten Farbenschmuck, freundlich spannte sich der Himmel darüber, und still lagen die Wiesen. Doch im Gegensatz zu diesem harmonischen Bild der Natur ragte zwischen den niedrigen, mit Stroh gedeckten Hütten ein verwahrlostes Gebäude empor. Früher mochte es von einem Zaun umgeben gewesen sein, jetzt waren davon nur noch ein paar Pfähle zu sehen.

„Sicher das Schulhaus!" dachte ich mir. „Wenn es von außen so aussieht, wie wird es da drinnen zugehen? Was für Menschen werden das sein, die hier leben?"

Etwas beklommen ging ich hinunter ins Dorf und trat in die erste Hütte. Hier wollte ich fragen, wer mir den Schlüssel zu meiner neuen Wohnstatt geben könne und ob meine Sachen, die ich schon vor einer Woche abgeschickt hatte, angekommen seien. Ich hatte jetzt nur ein Köfferchen mit den nötigsten Gegenständen und etwas Proviant bei mir.

Doch ich fand niemanden, dem ich meine Frage vortragen konnte. Die Hütte schien unbewohnt.

Ich trat in eine leere, verräucherte Küche. Neben der verlassenen Feuerstätte lag ein Bund frischen Strohs und auf ihm – ein Mann, ein Schlafender.

Schon wollte ich mich leise wieder zurückziehen, aber ein Blick in dieses Gesicht hielt mich fest. Wie wächsern blaß es war! Wie das eines Toten.

Ich trat näher an den Fremden heran, der, ein Soldat in abgetragener Uniform, hier ruhte. Ja, wirklich, hier lag ein Toter! Lag mutterseelenallein auf einem Häuflein Stroh. Seine Stirn war kalt, die Hände starr. Barmherziger Gott, wie mochte er hierher gekommen sein!

Jetzt kamen Schritte. Eine Frau betrat den Raum und blickte mich verwundert an. Ich grüßte und erklärte ihr, was mich hierhergeführt hatte.

„So, Sie sind also der neue Lehrer?" meinte sie erfreut. „Gut, daß ich Sie treffe! Den Schlüssel zum Schulhaus habe ich. Die Stube habe ich schon ein wenig gereinigt und wollte gerade frisches Wasser und Holz holen. Schon gestern, als Ihre Sachen gebracht wurden, haben wir Sie erwartet, aber es ist dann doch alles wieder liegengeblieben." Sie wies auf den Toten. „Ich konnte den Armen dort ja nicht gut allein lassen, obwohl er nichts mehr braucht. Der Herr Doktor und der Herr Richter werden auch gleich kommen. Unsere Männer haben es ihnen angezeigt, daß wir ihn heute mittag tot vorgefunden haben."

„Wer ist es denn?"

„Martin Zapola, der Eigentümer dieser Hütte. Er ist erst heute morgen aus der Kriegsgefangenschaft zurückgekommen und war schon längst für tot erklärt. Sogar die Leichenpredigt hat ihm der Pfarrer schon gehalten. Erst waren Nachbarn heimgekehrt, die behaupteten, daß sie ihn unter den Toten gesehen hätten. Dann kam die amtliche Bestätigung an die Gemeinde und ans Pfarramt. Er hatte eine Frau, die sehr um ihn trauerte. Erst nach vier Jahren hat sie sich mit einem Bahnangestellten verheiratet. Weil ein Sohn von ihm da ist, erlaubte die Obervormundschaft nicht, daß die Hütte verkauft wurde, und so stand sie leer. Und so fand er sie auch, aber Weib und Kind nicht mehr. Ich habe noch niemals einen Menschen so weinen gesehen, wie er geweint hat. Wir konnten nicht erfahren, wie es möglich sei, daß er lebe. Wir riefen ihn zu uns, aber er wollte nicht. Nur ein wenig Stroh bat er sich aus, da er müde sei. Als wir nach Tisch kamen, um nach ihm zu sehen, fanden wir ihn so. Aber ich muß sagen, dem Armen ist wohl, denn mit solch einem Herzeleid hätte er nicht weiterleben können. Seine Frau hat mit ihrem zweiten Mann auch schon ein Kind. Sie sind ordentlich verheiratet. Was wäre das geworden?!"

Eine Weile schwiegen wir traurig, dann meinte ich: „Wissen Sie, ich werde bei diesem Bedauernswerten bleiben und warten, bis die Herren kommen. Seien Sie so gut und besorgen Sie inzwischen meine Sachen."

„Wenn Sie bleiben wollen, bin ich froh. Ich werde Sie nicht lange warten lassen."

Die Frau ging fort, und ich war allein mit dem Toten.

„Armer Mann", dachte ich, „wie magst du dich nach dieser Heimkehr gesehnt, wie magst du sie erbangt und erfleht haben, wie mag dir der Gedanke an Frau und Kind in Not und Entbehrung Trost und Halt gewesen sein, und dann diese Enttäuschung! Diese Enttäuschung, die dich vernichtete! Aber vielleicht war es gut so. Vielleicht weilst du nun dort, wo es keine Not und kein Leid mehr gibt..."

Ja, vielleicht! Wie aber, wenn dieser Soldat, was doch sehr wahrscheinlich war, sein Leben noch *nicht* mit Gott in Ordnung gebracht hatte, wenn er, statt erlöst, für ewig verloren war?

Eine Welle jähen Mitleids, ja der Angst erschütterte mich. Ich fand keine Ruhe bei dem Gedanken an den ewigen Tod dieses Mannes, und, wie von unwiderstehlicher Gewalt getrieben, begann ich, Belebungsversuche anzustellen. Als ich dabei das Lid des rechten Auges zu öffnen suchte und mit meiner Taschenlampe hineinleuchtete, schien es mir, als wenn das Auge gar nicht gebrochen sei, sondern unter dieser Bewegung zusammenzucke. Das spornte mich an, nicht müde zu werden in meinen Bemühungen um das Leben dieses Menschen, und während ich tat, was meine Kraft vermochte, flehte ich um Kraft und Beistand von oben.

Da – wirklich – die Brust des Mannes hob sich, das Herz begann zu schlagen, es konnte keine Täuschung sein. Jetzt kam ein Stöhnen über seine Lippen: „Wasser!“ Ich zog schnell meine Thermosflasche mit Kaffee hervor und träufelte ihm davon ein. Das warme, starke Getränk belebte den Geschwächten. Er öffnete die Augen und richtete sich überraschend schnell auf.

Ich vermochte dies Wunder kaum zu fassen und wußte nichts Besseres zu sagen als ein erstauntes: „Wie, wie geht es Ihnen?“

„Es ist wieder vorbei“, antwortete er leise. „Ich danke Ihnen, Herr Lehrer, Sie haben mir das Leben gerettet.“

Erschüttert kniete ich neben ihm nieder und dankte Jesus Christus für seine hier sichtbar gewordene Hilfe.

„Können Sie aufstehen?“ fragte ich dann.

„Wenn Sie mir ein wenig helfen möchten, ja.“

Ich half ihm, und bald ging er in der Küche umher.

„Bitte, kommen Sie mit mir ins Schulhaus“, bat ich, „ich stütze Sie. Hier können Sie nicht bleiben.“

„Ja“, nickte er. „Sie haben recht. Wenn ich hierbliebe, würde alles Weh und damit auch der Herzkrampf wiederkehren.“

„Also war es ein Krampf, der diesen Scheintod verursacht hat?“

„Ja. Im Krieg habe ich ihn infolge der schrecklichen Erlebnisse zum ersten Mal bekommen. Dann wieder während einer furchtbaren Schlacht. Damals wurde ich mit Leichen fortgeschafft. Daher die Nachricht von meinem Tod und mein Unglück jetzt. – Herr Lehrer, wenn Sie mir soviel Liebe erwiesen haben, dann nehmen Sie mich mit sich."

„Gerne, kommen Sie nur! Aber woher wissen Sie denn, daß ich der Lehrer bin?"

„Ich war in dem Krampfzustand bei Bewußtsein und hörte, wie Sie kamen und was die Nachbarin Ihnen erzählte. Ich hörte auch, wie Sie für mich beteten und voll Sorge um mich waren, daß ich nicht aus diesem Leid in das ewige Leid gehen möge. Und", fügte er leise und ernst hinzu, „ich wäre sicherlich dahin gegangen, wenn Sie mich gelassen hätten, denn ich bin ein schlechter, verdorbener Mensch."

Ich erlaubte ihm nicht, weiter zu reden, denn er geriet in innere Erregung, was in seinem schwachen Zustand nicht gut war. Als wir langsamen Schrittes zur Schule kamen, fanden wir die Frau von eben dabei, mein Bett zu machen. Erschrocken fuhr sie auf, als sie uns beide sah, und war zunächst keines Wortes mächtig. Rasch erklärte ich ihr, wie Zapola erwacht war. Dann aber fiel ihr etwas ein, sie lief hinaus und kehrte bald mit einem großen Bund Stroh zurück, den sie in einen Winkel auf den Fußboden legte. Ich nahm aus meinem Gepäck noch ein Bettuch, das sie darüber breitete.

Ich fand vom ersten Tag an keine Zeit, in dem neuen Haus über Langeweile zu klagen. In der Stube waren außer meinen Koffern und dem geöffneten Ballen Bettzeug sowie einem kleinen Koffer nur ein altes, wackeliges Bett, ein ebensolcher Tisch und Stühle. Das Bewußtsein, daß ich einen Menschen hier hatte, dem ich mit Gottes Hilfe das Leben retten durfte, erfüllte mein ganzes Denken. *Wozu* hatte ich ihm sein Leben retten dürfen? Gewiß nicht darum, ihn neuem irdischen Elend zuzuführen, sondern ganz gewiß doch nur, um ihn auf die himmlische Heimat hinzuweisen und ihm den wahren Erlöser vor Augen zu stellen. Das würde neben meiner Arbeit als Lehrer hier im Dorf auch meine Aufgabe sein.

Erst am anderen Tag kam der Doktor, um den toten Soldaten zu besehen. Er war bei seinen Kranken über Land gewesen und hatte den vermeintlichen Toten darum noch eine Nacht sich selbst überlassen. Inzwischen hatte er schon von den Ereignissen erfahren. Er erklärte mir kurz sein verspätetes Kommen und bat um Aufklärung der Ereignisse von gestern.

Ich führte den Arzt zu Zapola, der, trotz seines Sträubens in meinem Bett lag und einigermaßen ausgeruht war, während ich mit dem Strohlager vorliebgenommen hatte. Anschließend winkte mich der Arzt allein zu sich.

„Sie haben den Mann ins Leben zurückgerufen, Herr Lehrer, aber kaum auf lange Zeit. Das Herz ist sehr schwach, die ganze Leibeshülle vollkommen erschöpft. Ich will ihn ins Krankenhaus bringen lassen und dafür sorgen, daß er erstklassige Kost bekommt. Er muß liegen und viel schlafen, vielleicht kann ihn das ein wenig wiederherstellen. Es ist nur schlimm, daß die Krankenhäuser jetzt alle durch Infektionskrankheiten überfüllt sind."

„Erlauben Sie, Herr Doktor", unterbrach ich ihn. „Sie sagen, er werde nicht mehr lange leben. Was dieser Mann für den kurzen Rest seines Lebens braucht, ist Liebe. Die findet er im Krankenhaus nicht. Dort wird er erlöschen als einer von vielen. Dazu hat mir Gott nicht aufgetragen, ihn ins Leben zurückzurufen. Wenn er sich nur quälen soll bis zu seinem Tod, dann könnte er es schon überstanden haben."

„Originell!" lachte der Doktor. „Es ist also etwas Besonderes, wozu Sie diesen Menschen wieder lebendig gemacht haben?“

„Ja, nämlich damit er erkennen möge, daß einer ihn liebt.“

„Sie etwa, oder wer sonst?“

„Gewiß, ich auch. Ich meine jetzt aber vor allem Jesus Christus, den Sohn Gottes, der in die Welt gekommen ist, sich gerade der Verlorenen anzunehmen und sie zu erretten. Lassen Sie also Zapola getrost bei mir.“

„Ja, ja, damit Sie ihm wieder Ihr Bett überlassen und selber auf Stroh schlafen können!“

„Ich habe ausgezeichnet geschlafen“, lachte ich fröhlich. „Mir macht das wenig aus.“

„Sie sind ein sonderbarer Heiliger! Aber gesetzt den Fall, ich lasse Ihnen den Kranken hier: Womit wollen Sie ihn ernähren? Das Haus ist so wüst wie nach einer Plünderung, da wartet Ihrer ja die reinste Robinsonade. Oder hat man Ihnen etwa Ihr Gehalt auf ein halbes Jahr vorausbezahlt?“

„Das allerdings nicht. So schnell ist man da nicht bei der Hand, das wissen Sie ja auch. Aber mit Gottes Hilfe werden wir schon zurechtkommen.“

„Ich sagte eben schon: Zapola muß erstklassige Kost haben. Wo wollen Sie die hernehmen?“

„Nun, so ganz ohne Mittel stehe ich nicht da.“

„Aha, Sie sind also ein kleiner Krösus!“ lachte der Doktor. „Nun, wenn Sie durchaus wollen –! Aber da bringt man Ihnen ja das Frühstück. Wohl bekomm's!“

Eine Nachbarin trat ein und unterbrach unser Gespräch. Während ich verschiedenes mit der Frau beriet und sie bat, unsere Bedienung zu übernehmen, bis sich die Verhältnisse ein wenig geordnet hätten, ging der Doktor noch einmal zu Zapola hinein.

„Ich schicke Ihnen Arznei und alles Nötige für den Kranken, vorläufig wäre er sowieso noch nicht transportfähig", sagte er beim Abschied. „Alles weitere werden wir ja sehen. Leben Sie wohl, Herr Krösus! Sollte Zapola den ganzen Tag schlafen, müssen Sie ihn gewaltsam wecken und ihm einige Löffel Suppe und alle zwei Stunden einen Löffel von dem Wein einflößen, den ich noch senden werde."

* * *

„Wenn ich wüßte, woran es liegt, daß die Zeit so schnell verfliegt", so könnte ich singen, denn seit meiner Ankunft in Topolova sind schon vierzehn Tage vergangen. Was habe ich inzwischen alles erlebt, wieviel wunderbare Hilfe Gottes habe ich erfahren! Nicht nur Elias hatte seine Raben, sie fanden den Weg auch zu uns. Die ersten kamen aus der Küche der Frau Doktor und brachten einen Korb mit allerlei guten Sachen. Ihr Mann hatte einen Zettel dazu geschrieben, darauf stand: „Für Freitag und Robinson". Vielleicht wollte er damit sagen, daß Robinson die Absicht hatte, Freitag zu Gott zu führen wie ich Zapola zum Heiland führen wollte. Am Nachmittag brachten die Eltern ihre Kinder zum Einschreiben. Es war kein Haus in Topolova, das nicht vertreten war, denn alle hatten zum wenigsten den Wunsch, den Heimgekehrten zu sehen, den ich freilich, von einigen Ausnahmen abgesehen, nicht erfüllen konnte. Sie wunderten sich sehr, daß ich ihn wirklich bei mir behalten wollte, da ich doch nicht eingerichtet sei und niemanden habe.

„Wundert euch nicht", entgegnete ich mit freundlichem Ernst, „er ist mein unglücklicher Bruder, der ebenso niemanden hat wie ich. Wenn ich Hilfe brauche, werdet Ihr, meine Freunde, mir sicher gerne beistehen, nicht wahr!" Die Frauen versprachen es eifrig, die Männer drückten mir die Hand. Als ich mit dem Einschreiben der Kinder fertig war, wartete eine freudige Überraschung auf mich. Die Frauen hatten die kleine Stube neben der Küche aufgewaschen und im Kachelofen angeheizt, denn draußen war es empfindlich kalt und drinnen infolge der Feuchtigkeit noch mehr. Als ich in die Stube trat, empfing mich nicht nur angenehme Wärme, sondern auch ein schön hergerichtetes Bett. Eine freundliche Alte stellte sich mir als die Witwe von Zapolas Onkel, also seine Tante, vor. Sie hatte das Bett für ihn herschaffen lassen. Es gehörte samt den Federbetten ihrer Tochter, die seit Jahren in Amerika lebte, die Sachen aber zurückgelassen hatte. Sie lieh uns auch eine Bank mit Lehne und einen kleineren Tisch.

Unter meiner Aufsicht betteten die Nachbarn den Kranken gegen Abend um. Inzwischen hatte Frau Zelka, die Nachbarin, meine Federbetten gelüftet und frisch überzogen, und die übrigen trugen auch mein Bett herüber, denn ich konnte und wollte den Kranken nachts nicht allein lassen. Großmutter Zapola brachte ein Körbchen mit frischen Eiern und etwas Milch. Bis zum Abend war meine Stube in eine Speisekammer umgewandelt mit Brot, Eiern, Käse, Butter, Obst, Mohn, Kartoffeln und sonst noch allerlei darin.

„Ich sage es ja, der richtige Robinson!" scherzte der Doktor am anderen Tag, als ich ihm unsere Schätze zeigte und mitteilte, daß Zapola heute von seiner Tante Hühnersuppe bekomme.

„Sehen Sie, Gott hat dafür gesorgt und wird auch weiter dafür sorgen, daß unser Patient seine erstklassige Kost bekommt!"

„Nun, alles was recht ist: Solch ein Schock Eier hätten sie im Krankenhaus kaum für ihn gehabt!“ meinte der Doktor ehrlich überzeugt.

Zapola schlief, wie der Doktor vorausgesagt hatte, ununterbrochen zwei Tage und zwei Nächte. Nur zum Essen mußten wir ihn wecken. Aber als ich am dritten Morgen aufstand, fand ich sein Bett bereits leer. Ich traf ihn in der Küche an, wo er das Frühstück zubereitete. Auf meine Einwendungen erklärte er mir, daß er sich körperlich genügend erfrischt fühle. Er habe viele schlaflose Nächte einholen müssen, aber nun bäte er mich, ihn arbeiten zu lassen und nicht zum Liegen zu zwingen. Sobald er sich müde fühle, wolle er sich schon hinlegen. Nach dem Frühstück ging er zu seiner Tante, um ihr zu danken. Von nun an begann unsere eigentliche Robinsonade, unser gemeinsames Leben.

Zapolas Onkel war Tischler gewesen, und er hatte bei ihm ausgelernt. So brachte er sich von der Tante sein Tischlergerät mit und begann langsam, unsere Wohnung herzurichten. Er sagte mir bescheiden, daß er kochen könne, da er im Krieg Offizierskoch gewesen sei. Als uns nun der Doktor wieder besuchte und wir ihn zum Essen dabehielten, lobte er Zapolas Kochkunst. Er war überhaupt sehr zufrieden mit ihm und schätzte seine Energie, mit der er sein leidendes Herz beherrschte. Mir sagte er, ich möge den Mann ruhig arbeiten lassen, doch mit Maßen. Es sei gut, daß er auf das Kochen verfallen sei. Dadurch müsse er sein handwerkliches Arbeiten immer wieder unterbrechen und würde vor allem die linke Hand schonen können, deren allzu starke Beanspruchung sich sonst leicht auf das Herz übertragen könne.

Ich habe mich oft gewundert, mit wie wenig Dingen sich der Mensch behelfen und dabei zufrieden sein kann, so auch jetzt wieder.

„Widmen Sie sich nur ganz Ihrer Schule, Herr Lehrer“, hatte Zapola gesagt, „für alles andere will *ich* nach Möglichkeit sorgen.“

Er erwies mir damit einen großen Gefallen, denn die Schule, die ich übernommen hatte, war in jeder Hinsicht sehr vernachlässigt, besonders die Kinder. Ich kam mir sehr unwissend vor und brachte manche Stunde im Gebet zu, um mir von oben Kraft und Weisheit zu holen. Hätte ich nicht das Wort Gottes gehabt, ich wäre, um mit dem Psalmisten zu sprechen, „schier vergangen in meinem Elend“.

In der ersten Woche konnte ich eigentlich noch nichts Rechtes beginnen, in der zweiten besuchte mich der Schulinspektor mit dem Pfarrer aus Valkovce, der Gemeinde, zu der das Dorf gehörte. Ich bat ihn, zu erlauben, daß die losen Rahmen, die zerbrochenen Fensterscheiben, ebenso die beschädigten Bänke und Fußböden und auch der wackelige Tisch instandgesetzt würden. Er erlaubte es, ja, er verlangte sogar, daß ich eine neue Schultafel und andere Lehrmittel, dazu auch Bücher bestellen sollte. Nur müsse ich Geduld haben, denn es würde nicht so schnell kommen.

Der Pfarrer übertrug mir in Gegenwart des Inspektors den Religionsunterricht, da er im Winter nicht mehr den weiten Weg machen könne und keinen Vikar habe. Ich klagte ihm, daß die Kinder so verwildert seien und ihren Kenntnissen nach nur in die beiden untersten Klassen gehörten. Das Lesen und Schreiben ging elend. Vom Rechnen wüßten sie fast nichts, von den anderen Dingen noch weniger.

„Wundern Sie sich nicht“, erklärte er. „Ihr Vorgänger war ein Vagabund und Trunkenbold. Sie werden die Sache schon mit der Zeit in Ordnung bringen.“

Als die beiden Herren fort waren, saß ich in der leeren Schule, den Kopf in die Hände gestützt, und bat Gott um

Kraft und viel, viel Weisheit, denn meine Fähigkeiten reichten für diese Aufgaben nicht aus.

Da kam Zapola mit einem Vorschlag. „Herr Lehrer", sagte er, „Sie können nicht achtzig Kinder in Zucht halten, wenn sie alle in einem Raum sind. Aber ich möchte Ihnen gerne helfen."

„Nun, und wie?" fragte ich gespannt.

„Als Junge bin ich bei unserem Lehrer oft mit eingesprungen. Während er die Größeren unterrichtete, beschäftigte ich die Kleineren im Nebenzimmer. Sicherlich würde ich auch heute noch die Unruhegeister durch Erzählen und dergleichen stille bekommen."

„Ausgezeichnet, Martin!"

Doch bevor wir diesen Gedanken verwirklichen konnten, mußten wir erst Ordnung schaffen. Seit dem Umsturz hatten meine Vorgänger das zweite Schulzimmer nur als Rumpelkammer benutzt. Brach mal eine Bank entzwei, so wanderte sie dahin. Und wenn die Kinder nachsitzen mußten, war dies ihr Karzer. Allerdings ein sehr gemütlicher, denn es gab hier drin viel zu entdecken, oder aber – man konnte durch die zerbrochenen Fensterscheiben Reißaus nehmen.

Wie allabendlich kamen auch heute die Nachbarn zu Zapola. Er sagte ihnen, welche Pläne uns bewegten. Sie schalten auf die Schulverwaltung, die stets nur Versprechungen mache, aber dann doch alles beim Alten beließe.

„Nachbarn", sprach da Zapola in seiner ruhigen Art, „das alles haben doch unsere Kinder zerbrochen, und es sind wohl auch noch Bänke da, auf denen die Jüngeren unter euch gesessen haben, als ich noch mithalf, euch zu lehren. So wollen wir das, was wir damals ruinieren halfen, auch wieder ausbessern. Du, Franz, bist Tischler, und du, Jan, kannst gut mauern. Ihr alle kennt euch in irgendeinem Handwerk aus. Wenn wir gemeinsam drangehen, sind wir in ein bis zwei Tagen fertig. Dann braucht ihr nur noch eure Frauen zu bitten, daß sie die Schulzimmer tünchen und scheuern, und schon sind die zwei Räume für die Kinder fertig, auch ohne Behörde."

„Gut, Martin, wir machen mit!" erklärte Franz Sykora, der Tischler. „Bei mir finden sich noch allerlei Holzabfälle und Bretter, damit könnten wir die Fußböden flicken und die Bänke reparieren. Und so wird, denke ich, jeder ein wenig beisteuern können, daß wir bald wieder ein ordentliches Schulhaus im Dorf haben."

Die anderen stimmten zu, so daß in den letzten Tagen der Woche ein fröhliches Schaffen und Werken begann und mit der neuen Woche auch die neuen Schulstuben bezogen werden konnten.

In der Nacht von Sonnabend auf Sonntag hörte ich Zapola zweimal leise stöhnen und erschrak, da ich befürchtete, daß er sich doch irgendwie überanstrengt habe. Als ich ihn am Morgen darum fragte, schüttelte er den Kopf.

„Nein", meinte er ernst, „es ist nichts Körperliches. Etwas ganz anderes macht mir zu schaffen." Und als ich ihn fragend ansah, fuhr er fort: „Sie haben gestern abend gesagt, daß wir nächste Woche gemeinsam anfangen wollten, daran zu arbeiten, aus diesen verwilderten Kindern neue Menschen zu machen, und Sie haben dabei von Christus gesprochen, der uns helfen müsse. Diese Worte haben mich nicht wieder losgelassen. Immer wieder wurde mir klar, daß wir diese Arbeit ja nie gemeinsam tun können. In Ihrem Leben ist dieser Jesus Wirklichkeit geworden, bei mir aber ..." Er brach ab und schwieg. Endlich meinte er leise, aber doch mit innerer Heftigkeit: „Ich bin ja so schlecht, so schlecht – eine Kluft ist da – da gibt es keinen Weg – keinen!"

Ich war froh ob dieser Erkenntnis. Ein Mensch, der glaubt, daß bei ihm alles in Ordnung sei, wird nie erfassen, daß Jesus für ihn gestorben ist.

„Wenn Sie erkannt haben, daß Sie verloren sind", sagte ich ruhig, „so steht Jesus jetzt vor Ihnen und ruft Sie, wie er mich gerufen hat. Lassen Sie sich doch von ihm finden, heute noch, in dieser Stunde!"

Zapola schüttelte traurig den Kopf. „Sie dürfen sich nicht mit mir vergleichen. Sie sind nicht im Krieg gewesen, Sie wissen nicht, womit wir uns dort beflecken mußten. Dinge, vor denen wir uns daheim entsetzt hätten! Wir waren Brandstifter, Räuber, Mörder... Vor uns lag vielleicht ein Paradies, hinter uns blieb eine Wüste zurück, brennende Dörfer und Kirchen, weinende Witwen und Waisen... Wir hörten das Stöhnen der Sterbenden, aber wir wußten nicht, wen unsere Hände getötet hatten. Ich sah verstümmelte Glieder menschlicher Leiber durch die Luft fliegen... Vielleicht war es meine Granate, die einen Menschen zerrissen hatte... Ein wildes Tier raubt doch nur, bis es satt ist, wir aber mußten Tag für Tag rauben, ohne daß einer von uns satt werden durfte... Diese Schrecknisse nagen an meinem Gewissen, sie könnten niemals ungeschehen gemacht werden. Jetzt, wo ich wieder angefangen habe, in meinem Dorf zu leben, sehe ich klar, was ich einst gewesen bin... Nein, für mich gibt es keine Rettung, kann es keine geben!"

Zapola stand auf und trug das Frühstücksgeschirr hinaus. Seine Hände zitterten. Ich glaubte nicht, daß er heute kommen würde, um, wie gewöhnlich, gemeinsam die Bibel zu lesen, aber er kam doch, und ich fuhr da fort, wo wir gestern stehen geblieben waren: „Und ob euere Sünden gleich blutrot wären, sollen sie dennoch schneeweiß werden."

„Martin", sagte ich nach dem Gebet mit großem Ernst,

„ich habe das Bekenntnis Ihrer schweren Sünden angehört, hören Sie nun auch mich an: Ihnen scheint es, wenn Sie zurückblicken, daß Sie einst gut, unschuldig und rein waren und heute ein blutbefleckter Sünder sind. Ich sah, als Jesus mir die Augen öffnete, nur das eine, daß ich bisher tot in Schlechtigkeit und Verderbnis gewesen war und ein neues Leben anfangen müsse, weil das alte keinen Wert vor Gott haben konnte. Ich glaubte von Kind auf, daß Jesus für die Gottlosigkeit der Menschen gestorben sei, aber das hatte mich nicht erschüttert, denn für gottlos hielt ich mich nicht. Nun aber wurde mir klar, daß auch ich an der allgemeinen Sünde Anteil hatte, für die der Sohn Gottes gestorben war. Nun war er gekommen, auch mich zu suchen und selig zu machen, und als ich ihn bat, schenkte er mir die Vergebung aller Schuld. Und indem ich ihn in mein Herz aufnahm, hatte ich das neue Leben. So fand ich meinen Heiland. – Ihre Sündenschulden, Martin, sind groß, das gebe ich gern zu, und ich glaube Ihnen, daß sie Sie drücken, weil sie nicht ungeschehen zu machen sind. Selbst Gott könnte sie nicht vergeben, wenn nicht sein heiliger, reiner Sohn am Kreuz dafür gestorben wäre. Aber nun hat er die Sünden der Welt hinweggetragen und ist der Menschheit dazu gegeben, daß jeder, der an ihn glaubt, durch ihn Vergebung seiner Schuld empfange."

In der Stube wurde es feierlich still. Der Sonntagmorgen senkte sich auf uns herab. Zapola hatte den Kopf in die Hände gestützt. Plötzlich sah er auf.

„Meinen Sie, Herr Lehrer, daß jeder von uns, die wir dort so furchtbar gesündigt haben, bei Gott Vergebung finden kann? Auch die, die uns in den Krieg getrieben, die ihn hervorgerufen haben?"

„Alle, Martin!" sagte ich fest und überzeugt. „Aber heute

geht es nicht um die anderen, heute geht es um Sie, Martin, öffnen Sie sich doch diesem Herrn, der sich für Sie geopfert hat! ‚Ich habe euch gezogen mit Seilen der Liebe!' sagt die Schrift. Sträuben Sie sich nicht, lassen Sie sich doch ziehen!"

Es war ein heiliger Sonntagmorgen. Ich finde keine Worte, ihn zu beschreiben. Der gute Hirte fand sein weit verirrtes Schaf, das, von scharfen Dornen verwundet, im tiefen Abgrund lag. Dichte Finsternis hatte es umgeben, Stürme und Wetter hatten es umtobt. Hier auf Erden war alles verloren, unbeschreibliches Leid hatte das Herz dieses Menschen erfüllt, und nun kamen Vergebung und Friede, Friede tief wie ein Strom.

„Er hat mir vergeben, er hat mich angenommen", kam es von den Lippen Zapolas, und dann stürmte er hinaus, um in der Einsamkeit, inmitten der schönen, herbstlichen Natur, seinem Gott zu danken und ihm nahe zu sein.

* * *

Am Nachmittag jenes Sonntags besuchte ich den Gottesdienst in Valkovce, um nachher dem Pfarrer zu melden, daß ich mit meinen Schülern eine Sonntagsschule einrichten wolle und um ihm das Programm und die Satzungen des Weltbundes für Sonntagsschulen vorzulegen. Bei meiner Rückkehr fand ich das kleinere Schulzimmer voll von Nachbarn und Nachbarinnen. Sie saßen um Zapola herum, und er erzählte ihnen fesselnd von den Zuständen in Rußland. Sein anziehendes, blasses Gesicht erschien noch eindrucksvoller durch den Abglanz jenes tiefen inneren Friedens, den seine Seele jetzt widerspiegelte.

Die Stimmung war so freundlich, daß es mir leicht fiel, den Leuten von der Sonntagsschule zu sagen, in der ich ihren Kindern die biblischen Geschichten nahebringen wollte.

„Nun, Bruder", fragte ich tagsdrauf lächelnd, „werden Sie mich allein arbeiten lassen?"

„Nein, Herr Lehrer! Wenn ein todkranker Mensch Arzt und Arznei gefunden hat, kann er nicht anders, als diese Hilfe auch anderen zu bringen. Aber eins möchte ich noch sagen: Es hat niemals einen guten, unschuldigen und gerechten Zapola gegeben, darin habe ich mich sehr geirrt."

Wir drückten uns warm die Hand. Seitdem lebten wir hier als Brüder zusammen. Ich wollte, daß wir uns gegenseitig nur beim Vornamen nannten, aber er ging nicht darauf ein und hatte so gewichtige Gründe dafür, daß ich sie anerkennen mußte. Nun, unser inneres Verbundensein wird durch die äußere Form nicht beeinträchtigt, wir verstehen uns wie beste Freunde, und ich habe eine große Hilfe an ihm. Die Kinder haben ihn lieb. Er spricht in ihrer Mundart, er kennt ihre Lebensweise. Für mich ist es ein Hindernis, daß ich eigentlich niemals unter dem Volk gelebt habe, da ich keiner Bauernfamilie entstamme und mich daher erst in die Vorstellungen eines Dorfbewohners einleben muß. Martin dagegen weiß sofort mit diesen kleinen Philosophen umzugehen und hat auf jede Frage eine geduldige und treffende Antwort. Da er jede schön geschriebene Seite auf der Schiefertafel oder im Heft belohnt, indem er den Kindern eine Geschichte erzählt, nehmen sie sich sehr zusammen. Wenn wir uns dann ablösen, ist die kleine Gesellschaft soweit stille geworden, daß ich anknüpfen kann und ihre ganze Aufmerksamkeit habe. Sie fangen an, auch mich liebzugewinnen. Die Größeren beherrscht Martin noch besser. Er erzählt ihnen so fesselnd, daß ich mich am liebsten auch zu ihm setzen und ihn anhören möchte. Wenn sie im Freien spielen, kann er zwar nicht mitmachen, aber es genügt, wenn er zusieht und zuweilen seine Zufriedenheit ausspricht oder eine Anweisung gibt. Er lehrt sie die längst vergessenen Spiele, die einst ihre Väter erfreuten.

Wir hatten bisher sehr schönes Wetter. Ein Kollege hat mir gezeigt, wie man den Kindern das Rechnen liebmachen kann durch die Dinge in der Natur. Nun benützen wir den Turn- und Handfertigkeitsunterricht noch dazu, um mehr Stunden zu gewinnen, die wir draußen sein können. Gott gebe, daß ihnen dabei auch die Schönheiten der Schöpfung aufgehen! Es sind ja, mit Ausnahme einiger erblich belasteter Wesen, ganz begabte und aufgeschlossene Kinder. Unsere erste Sonntagsschule hat allen gut gefallen. Sie waren festlich gekleidet und kamen ernst und erwartungsvoll hin. Der vorgeschriebene Bibelabschnitt behandelte die Geschichte Samuels, und man konnte gut Vergleiche zur Kindheit des Sohnes Gottes damit verknüpfen.

* * *

Es war Ende Oktober. Mehr als acht Wochen waren vergangen, seitdem ich mich in Topolova niedergelassen hatte. Viel Freizeit kannte ich bisher noch nicht. Immer wieder hatten sich neue Aufgaben gezeigt, die mir keine Ruhe dazu ließen.

Jetzt aber machte ich mich für eine Stunde frei und ging durch den Spätherbst spazieren. Gleichzeitig wollte ich Martin ein Stück entgegengehen, der vom Amts wegen in die nächste Stadt gerufen worden war und nun zurückkommen mußte. Endlich fingen auch die Behörden an, sich für diesen Menschen zu interessieren, den sie, wiewohl er lebte, vor Jahren begraben hatte, wenigstens in ihren Akten. Sein väterliches Erbe hatte die Obervormundschaft übernommen, und als er dann doch heimkehrte, fragte niemand danach, ob er ein Stück Brot zum Leben habe. Die Heimatgemeinde hatte zwar gleich gemeldet, daß er da sei, und der Doktor hatte es durch ein Zeugnis bestätigt. Aber nichts hatte sich bisher gerührt.

Was würde jetzt wohl geschehen?

Ob sie wohl sein Erbteil herausgeben würden? Und wenn, würde er die Kraft haben, sich dieser verwahrlosten Wirtschaft anzunehmen? Wie sollte er die verkauften Ackergeräte wieder nachschaffen? Sein Vaterhaus stand ja von innen und außen leer.

Und dann war da noch eine andere, weit wichtigere Frage! Wie würden sich seine Familienverhältnisse gestalten? Er hatte ja Frau und Kind. Sobald er lebte, war die zweite Ehe der Frau ungültig. Oder nicht?

Ich hatte noch niemals mit ihm über diese für ihn so schmerzliche Angelegenheit gesprochen, um ihn nicht aufzuregen, was ihm geschadet hätte. Aber wenn er jetzt zurückkehrte, mußte ich es wohl tun. Die Nachbarn berieten untereinander oft darüber, und der Unterrichter Hladky hatte mir gestern noch gesagt, daß das nicht länger so bleiben könne.

Sinnend blieb ich auf einem Hügel stehen und lehnte mich an den mittleren von drei Bäumen, die hier dicht beisammen am Weg standen. Ich sah die Fahrstraße hinab, die vom Tal durch das Wäldchen an einem munteren Bach entlang aufwärtsführte und auf der Zapola kommen mußte. Obwohl ich erst den zweiten Tag allein war, fehlte er mir doch überall. Ich machte mir Sorgen um ihn.

Ich habe Brüder und Schwestern, die gemeinsam mit mir ihr Leben in die Hand des Gottessohnes legten. Ein enges Band verbindet uns. Die Briefe, die wir wechseln, sind uns eine große Glaubensstärkung. Auch diese Zeilen hier sollen dazu dienen, sichtbar werden zu lassen, wie uns Jesus Christus in diesem ersten Jahr unseres öffentlichen Wirkens führt und leitet. Gleichzeitig will ich mir selbst Rechenschaft ablegen darüber, ob er durch mich etwas für sich und sein Werk ausrichten konnte. Auch die anderen halten es so, und wir sollen unsere Schwächen und Mängel einander nicht verbergen, sondern sie mit Christi Hilfe gemeinsam überwinden. So wunderbar auch diese Gemeinschaft ist – was mich mit Martin verbindet, ist ganz anderer Art, ist mehr. Mir ist, als hätte ich noch nie einen Menschen so geliebt wie ihn. Vielleicht kommt das daher, daß mir Gott erlaubt hat, ihm äußerlich das Leben zu erhalten und ihn dann auch zum geistlichen Leben zu führen.

Martin spricht nur wenig von sich selbst. Aber ich sehe, wie das Wort Gottes seine Nahrung ist und wie sein Alltag sich danach umgestaltet. Wir wohnen noch immer in seiner Stube, obwohl auch meine nun fertig ist. Aber wir fühlen uns so wohler. Wenn wir des Abends plaudernd beisammensitzen, dann legt er mir oft Fragen vor, die ich ihm – soweit ich kann – gern beantworte. Wenn ich es nicht kann, forschen wir gemeinsam im Buch der Bücher, bis wir Antwort finden. Ich weiß, daß in solchen Stunden Christus bei uns ist.

Wie schon gesagt, ist auch meine Stube nun eingerichtet. Ich habe mir bei Sykora die notwendigste Einrichtung anfertigen lassen: Bett, Schrank, Tisch, Stühle und ein kleines Bücherbrett. Einer armen Webersfrau habe ich Laufteppiche abgekauft. Zu beiden Seiten des Kachelofens hat mir Martin eine Bank gezimmert. Über Bett und Tisch liegen kirschrote Decken, die mir noch in den Ferien eine Hausiererin angeboten hatte. Sogar Vorhänge habe ich. Weiße Gardinen mit bunten Faltenwürfen darüber. Sie sind mir gar wert, denn meine Schwestern und Kolleginnen haben sie mir zum Geburtstag gearbeitet, weil ich schöne Sachen so liebe, wie sie sagten.

Großmutter Zapola bat mich, ihr zu erlauben, in mein schönes, neues Bett die übrigen Federbetten ihrer Tochter zu legen, da sie im Winter in der Stube koche und der Dunst ihnen schade. Ich erlaubte es gern, denn so steht das Bett wenigstens nicht leer. Sie hat es auch sauber bezogen für den Fall, daß ich mal einen Gast bekäme. Wenn ich also ungestört arbeiten will, während vielleicht die Nachbarn mit Zapola plaudern, ziehe ich mich in meine wohnlich hergerichtete Stube zurück.

Was unsere wirtschaftliche Lage betrifft, so kam es, wie der Doktor vorausgesagt hatte. Ich habe mein Gehalt erst nach zwei Monaten bekommen, dafür aber beide, so daß ich die Einrichtung bezahlen konnte und mir Sykora noch die nötigen Einrichtungsgegenstände für die Küche machen kann. Meine hundert Kronen haben gereicht, bis ich die anderen zweihundert erhielt. Davon leben wir noch heute.

Während ich so an einer schlanken Birke lehnte und über all diese Dinge nachdachte, ging mein Blick zu jener versteckt gelegenen kleinen Halbinsel, die der Bach am Rand des Wäldchens erstehen läßt, und wo ich schon oft mit Zapola gesessen hatte. Auch heute wollte ich ihn hier erwarten, doch – der Platz war nicht leer.

Auf einem der Baumstümpfe saß, gegen eine mächtige Ulme gelehnt, eine Frau, deren Erscheinung gut in dieses herbstliche Bild hineinpaßte. Das einfache, schwarze Kleid umhüllte eine schlanke Gestalt, deren ganze Haltung Erwartung ausdrückte. Schirm und Tasche hatte sie neben sich gelegt, das schwarzseidene Kopftuch war auf die Schultern herabgesunken, die Schuhe an den Füßen waren bestaubt. Sicher hatte die Frau, die wohl in den dreißiger Jahren sein mochte, einen weiten Weg zurückgelegt. Wer mochte sie sein und wohin wollte sie? Etwas wie Trauer lag in ihrem Wesen.

Plötzlich kam Leben in die Gestalt. Der Kopf neigte sich nach vorn, weit spähend, die Hände hoben sich, die Frau bewegte die Lippen, aber kein Laut kam aus ihrem Mund.

Ich blickte den Weg hinab, zu sehen, was diese Bewegung hervorgerufen hatte, und ein Erschrecken durchfuhr mein Herz: Aus dem Wald, der ihn bisher verborgen hatte, trat jetzt Zapola heraus und näherte sich der wartenden Frau.

In diesem Augenblick wußte ich, *wer* dort auf der kleinen Halbinsel saß und nach ihm ausschaute. Also, *das* war sie, die Frau, die er mehr geliebt hatte als Himmel und Erde und die einen anderen Mann zwischen sich und ihn gestellt hatte! Sie hätte ihm die Treue gebrochen und ihre Liebe verraten? Unmöglich! Das, was aus dem ganzen Wesen dieser sich jetzt aufrichtenden Gestalt hervorbrach, war eine Liebe, die nicht nur bis zum Grab ging, sondern weit darüber hinaus. Wie immer die Dinge liegen mochten und gegen sie zu sprechen schienen, sie liebte ihn sehr, auch heute noch. Ihr Herz war ihm treu geblieben.

Jetzt sah Martin sie. Wie erstarrt blieb er stehen. Wer kann diesen Augenblick des Wiedersehens beschreiben?! Da genügen Worte nicht. Wie tief die Liebe war, die auch Martin in seinem Herzen barg, sah ich jetzt. Er breitete die Arme aus und trat näher. „Dora!“ hörte ich ihn rufen. „Dora!“ „Martin, mein Martin!“ war die Antwort. Aber die durch das Band gegenseitiger Liebe aufs engste verbundenen, durch menschliche Schuld für Jahre getrennten Gatten lagen sich nicht in den Armen. Beide schreckten plötzlich zurück.

Martins Arme sanken herab, und sie kauerte wieder auf den alten Baumstumpf nieder, als wolle sie sich unter die Erde verkriechen. Ihre Seelenqual wurde zu körperlichem Schmerz. Und Martin konnte sie das Leben kosten!

Als immer noch unbemerkter Zuschauer durchlebte ich diesen furchtbaren Augenblick mit ihnen. Nein, jetzt war nicht die Zeit, dazwischenzutreten. Rasch, aber vorsichtig eilte ich den Fußpfad hinab und hielt mich hinter Gesträuch verborgen.

„O wenn sich doch die Erde öffnen wollte, um mich Unglückselige zu verschlingen!“ hörte ich die Frau.

Martin setzte sich auf einen Baumstamm ihr gegenüber. Sie schwiegen nun beide. Endlich richtete sich die Frau auf und sah frei in das stille, bleiche Gesicht ihres Mannes.

„Du – bist also – wirklich wieder da!“ begann sie stokkend. „Ja, es ist wahr – die Nachricht stimmt –, da bist du nun. Ich sehe dich leben, ja, ich sehe dich – aber was hilft mir das? Wir bleiben doch getrennt. Durch meine Schuld getrennt, so daß du mich nicht einmal an dein Herz ziehen kannst. Sicher hast du in den vergangenen Jahren viel Schreckliches erfahren, aber das Allerschlimmste erwartete dich hier. Und ich, ich habe es verschuldet! An mir liegt es, daß du weder Weib noch Kind noch Heim angetroffen hast. – Jahrelang hatte mich die Hoffnung auf das Wiedersehen und auf die Stunde, da ich dir unseren Janik zuführen könnte, am Leben erhalten, und jetzt –?“ Sie hielt ein wenig in ihrer schmerzlichen Rede inne, dann fuhr sie leise, fast unhörbar fort: „Jetzt siehst du die Treue deines Weibes zerbrochen.“

Martin schüttelte den Kopf. „Die Frau ist durch das Gesetz an den Mann gebunden, solange der Mann lebt. Du warst jahrelang vor der Welt Witwe, bevor du dich wieder verheiratet hast, somit hast du mir nicht die Treue gebrochen."

„Auf den Ämtern hat man mir dasselbe gesagt", meinte sie traurig. „Ich danke dir, daß auch du es so siehst. Jetzt bin ich gekommen, dir abzubitten. Ich will alle Schuld auf mich nehmen und nichts beschönigen, nur eines könnte ich nicht ertragen: daß du denkst, ich hätte nach anderer Liebe und Ehe verlangt, während du die Qualen der Verbannung ertragen mußtest. Darum möchte ich dich bitten, dir erzählen zu dürfen, wie alles gekommen ist."

Martin ergriff ihre Rechte und hielt sie fest in der seinen. „Ich will dich sehr gern anhören, Dora, erzähle!"

„Und wirst du mir glauben?"

„Ja, Dora, ich will dir glauben. So wie einst."

Ich wagte nicht, diesen großen Augenblick zu stören, indem ich meine Anwesenheit verriet. So blieb ich hinter den Sträuchern liegen und hörte das Gespräch mit an.

„Als im Jahre 1916 ans Gemeindeamt und an den Pfarrer die Nachricht kam, daß du auf dem russischen Kriegsschauplatz gefallen seiest, da glaubte deine ganze Familie daran, nur ich konnte mich nicht damit abfinden. Nur gezwungen ging ich in die Kirche, denn es widerstrebte mir, diese Abschiedsreden anzuhören. Soviel mich auch alle vom Gegenteil überzeugen wollten: in mir lebte unauslöschbar die Gewißheit, daß du lebst und eines Tages wieder heimkehren würdest. Dein Vater ergab sich aus Verzweiflung dem Trunk. Janik, den er zuvor so gern gehabt hatte, konnte er kaum mehr sehen vor Schmerz, daß der Junge nun eine Waise sei. In der Wirtschaft ging alles bergab, weil niemand mehr Kraft hatte, nach dem Rechten zu sehen. Ich konnte Vater nichts mehr recht machen, so daß ich es vorzog, wieder in einen Dienst zu gehen. Damit wollte ich unseren Jungen vor all dem Bösen bewahren, das er jetzt täglich um sich herum sehen und hören mußte. So ging ich zu meiner früheren Herrin zurück. Sie gab mir geringeren Lohn, aber dafür durfte ich Janik bei mir behalten. Zwei Jahre, bis zum Umsturz, ging das so. Dann mußte ich zurück, deinen Vater zu pflegen, der todkrank war. In seinen letzten Stunden bereute er sehr, daß er solche Unordnung hinterließ, und war bemüht, wenigstens innerlich vor Gott noch alles in Ordnung zu bringen. In der letzten Nacht fuhr er aus dem Schlaf empor und rief: ‚Du hast recht, Dora, daß du nicht an Martins Tod glaubst! Ich sah, wie er zu mir kam und bat: Sorgt euch nicht um mich! Ich lebe und komme heim!' Diese Worte stärkten mich sehr. Ich glaubte fest an sie und konnte nun alles viel leichter tragen.

Als der Krieg zu Ende war, ging ich wieder zu meiner alten Stelle zurück. Ich mußte manchen Spott hinnehmen, weil ich mich nicht von einem Leichnam trennen wollte, wie man sagte. Aber ich machte mir nichts daraus. Da übersiedelte meine Herrin nach Budapest, wo ihr Mann, der ungarischer Offizier gewesen war, als Invalide lebte. Sie gab mir die Schlüssel für das Haus zur Aufbewahrung und bat mich, den Garten zu pflegen. Dafür durfte ich in der Küche wohnen und das Waschhaus benützen. Ich richtete mir eine Wäscherei für Herrenhemden und feine Wäsche ein und war Gott von Herzen dankbar, daß ich mich so noch verhältnismäßig gut durchs Leben schlagen konnte.

Eines Tages, als ich gerade einen vollen Korb Wäsche zum Bügeln herrichtete, kam Janicko zu mir und sagte, daß mich eine Frau sprechen wolle. Es war eine Pflegerin aus dem städtischen Krankenhaus. Sie war von einem Soldaten geschickt, der etwas über meinen Mann aussagen wolle. Die Schwester konnte mir gar nicht folgen, so sehr eilte ich. Aber ach, welche Nachricht hatte er mir zu bringen!

Er erzählte, daß er dein Kamerad gewesen. Uhlarik hieß er, glaube ich. Er beschrieb mir, welch eine furchtbare Schlacht das war und wieviele tote Kameraden sie als Überlebende weggeschleppt hätten. Man habe ein Massengrab ausgeschaufelt, um die Toten da hineinzulegen. Jede Schicht Leichen wurde mit gelöschtem Kalk bedeckt. Unter denen, die oben in die letzte Reihe gebettet wurden, seiest du gewesen. Er habe dich unter Tränen hineingelegt, denn ihr hättet sehr aneinander gehangen. Du seiest so steif gewesen, daß er dir nicht einmal die Augen habe zudrücken können. Dann sei plötzlich ein Gegenangriff des Feindes gekommen, man habe alles stehen und liegen lassen müssen. Es war nicht einmal mehr Zeit, das Grab zuzuschütten.

Ich weiß, daß der Soldat es gut mit mir gemeint hat, wenn er mir Gewißheit bringen wollte. Aber für mich war diese Botschaft ärger als der Tod. Alle meine Hoffnungen, alles, wofür ich noch lebte, war begraben und zunichte. Es war, als hätte man mir Blei in die Glieder gegossen, so mühsam schleppte ich mich nach Hause. Wäre der Junge nicht gewesen, ich glaube, ich hätte meinem Leben ein Ende gemacht. Ganze Nächte lag ich grübelnd wach, nichts anderes vor Augen als jenes Massengrab, in das man dich gebettet hatte. Daß ich auf diese Weise sowohl die Arbeit wie auch das Kind vernachlässigte, ist klar. Es war eine entsetzliche Zeit voll Verzweiflung und voll Sehnsucht, sterben zu dürfen und zu dir zu gehen.

Die Leute hörten auf, mir Arbeit zu bringen, denn ich ließ ihre Sachen ungewaschen liegen oder machte die Arbeit flüchtig und schlecht. Nur einer kam noch: der Bahnmagaziner Hajek. Er war mein bester Kunde. Gewöhnlich schickte er die Wäsche durch einen Jungen, aber zum Bezahlen kam er stets selbst. Doch außer dem Gruß wechselten wir nie viel Worte. Höchstens, daß Janicko sich mit ihm neckte, denn der Junge hatte den Mann gern, weil er ihm stets eine Kleinigkeit mitbrachte.

Einmal, als er die Wäsche bezahlt und sie selbst in Papier eingewickelt hatte, blieb Hajek noch vor mir stehen und sagte: ‚Was ist nur mit Ihnen, Frau Zapola? Sind Sie krank? Sie hatten stets eine so musterhafte Ordnung und lieferten gute Arbeit, Ihr Junge war immer so sauber gekleidet, und jetzt...?' Er ersparte mir den Vorwurf und brach ab. Mir aber war, als stieße man mir ein Messer ins Herz, und jäh fuhr ich aus meiner Erstarrung auf.

‚Ich habe gehört', sprach Hajek jetzt weiter, ‚daß Sie immer noch nicht an den Tod Ihres Gatten glauben können und Sie ob dieser treuen Liebe immer ganz besonders geschätzt. Wenn er nun wirklich lebt und eines Tages wiederkommt, was würde er wohl dazu sagen?'

Da konnte ich nicht mehr an mich halten. Ich mußte ihm alles erzählen. ‚Es ist aus', stöhnte ich, ‚alles aus! Er kommt nicht wieder. Sie haben ihn eingescharrt! Jahrlang habe ich geglaubt, gewartet – alles vergeblich! Meine Gebete waren umsonst. Es gibt da oben niemanden, der uns erhört.'

Er wollte mich trösten und wies darauf hin, daß es ein ewiges Leben gibt und daß wir uns dereinst wiedersehen werden. Es waren recht harte, schlechte Worte, die ich ihm darauf entgegnete. Ich kann und will sie nicht wiederholen. Aber er schüttelte nur ernst den Kopf und sagte, als wenn er mich auch hierin verstehen könne: ‚Halten Sie ein! Sie wissen jetzt nicht, was Sie sagen. Aber bedenken Sie, daß wir

Menschen ohne den Glauben an die Auferstehung Christi und damit an die unsere, die elendsten sind unter allen Kreaturen. Sehen Sie, mich haben fromme Eltern erzogen. Solange ich daheim war, war der Glaube meiner Eltern auch der meinige. Aber als ich dann in die Fremde kam und schließlich in den Krieg mußte, verwarf ich meinen Glauben und wurde wie die meisten anderen um mich her. Aber als ich dann bei meiner Heimkehr statt der Braut, die ich liebte wie Sie Ihren Mann, nur ihr Grab vorfand, sah ich, daß ohne Glauben an die Auferstehung, an ein Wiedersehen der Mensch das elendste Geschöpf auf Erden ist. Doch Gott ist barmherziger als wir denken. Er hat es mir geschenkt, daß ich an ein ewiges Leben glauben konnte und hat mir das Weiterleben erleichtert. Sie müssen auch glauben, daß Ihr Mann wiederkommt, daß Sie ihn wiedersehen werden, dann werden Sie Ihren großen Schmerz leichter ertragen und Ihr Dasein meistern.'

Nun, Gott ist wirklich gut und barmherzig, er hat mich für meine Lästerungen nicht gestraft. Ich fing auch an zu glauben, daß wir uns dereinst wiedersehen würden, aber meine Gesundheit war durch das Leid untergraben. Ich war nicht mehr imstande, den Jungen und mich zu ernähren. Dazu kam noch, daß meine Herrin gerade damals, als ich so verzweifelt war, das Haus verkaufte und der neue Eigentümer mir die Kündigung gab. Eine Wohnung konnte ich nicht mieten. So beschloß ich, anderswo in Stellung zu gehen und Janik, so schwer es mir fallen würde, zur Muhme Zapola zu bringen, die ihn sicher versorgen würde.

Hajek stand mir seit jenem ersten Gespräch öfter mit Rat zur Seite und nahm sich besonders des Jungen an, damit er nicht ganz verwilderte. Als ich ihm meinen Entschluß mitteilte, saß er lange da, den Kopf in die Hände gestützt. Plötzlich stand er auf und sagte: ‚Das Teuerste, was wir beide auf Erden hatten, haben wir verloren. Ich habe nie wieder ans Heiraten gedacht, so wenig wie Sie, aber vielleicht wird uns beiden das Leben erträglicher werden, wenn wir es teilen. Meine Einsamkeit wird schwinden, wenn ich jemanden habe, für den ich sorgen muß, und Sie brauchen sich nicht von dem Kind zu trennen. Ich habe Janik lieb und will ihn so erziehen, daß Ihr Mann, wenn wir ihn in der Ewigkeit wiedersehen, seine Freude an ihm haben wird. Denken Sie darüber nach, und in einer Woche hole ich mir Bescheid.'

Er sah mich aus guten, warmherzigen Augen an, gab mir die Hand und ging. Für mich aber begann eine Woche voll schlafloser, durchweinter Nächte und banger Tage. Noch ehe sie zu Ende war, ließ ich Hajek rufen. Ich sagte ihm, daß ich ihm meine Hand nicht geben könne, weil ich krank und dem Tode nahe sei. Er würde sich mit mir nur quälen müssen, und meine Waise würde ihm entweder zur Last fallen oder ganz verlassen sein.

Aber als er mich körperlich so elend sah, sagte er Worte, die mich überwanden: ‚Ich möchte Ihnen wirklich von ganzem Herzen helfen, Frau Zapola. Aber ich kann es nur, wenn wir vor Gott und Menschen ordnungsgemäß den Bund der Ehe eingehen. Ich bin bereit, Sie entweder gesund zu pflegen oder – wenn es sein muß – Ihnen bis zum Tode beizustehen. Ihr Junge aber kann nur dann auch mein Junge sein, wenn Sie als meine Gattin ihn mir anbefehlen.'

Ach, Martinko, mir war es, als müßte ich heute oder morgen sterben. Die Hoffnung, daß Janik dann einen Beschützer haben würde, trieb mich, Hajek mein Wort zu geben. Wir wurden in seinem Heimatort in Böhmen getraut, wo mich seine Mutter und seine Schwester zwei Monate lang pflegten. Ihrer Liebe verdanke ich mein Leben.

Albert hatte sich inzwischen nach einer Stadt versetzen lassen, in der uns niemand kannte, und als er dann kam, um mich abzuholen, fühlte ich mich ihm und seiner Familie sehr zu Dank verpflichtet. Es war daher mein ganzes Bestreben, ihm alle seine Wohltaten, die er mir und dem Kind erwies, nach Möglichkeit zu vergelten. Durch seinen edlen Charakter lernte ich ihn lieben wie den besten Bruder. Ich gewöhnte mich auch an den Gedanken, daß ich dich auf Erden nicht mehr wiedersehen würde, aber trotzdem konnte ich nicht aufhören, dich und nur dich allein zu lieben. Auch dann nicht, als ich mit Albert schon ein Söhnchen hatte. Hajek vergaß über mir und unseren Kindern seine tote Braut – ich konnte dich nie vergessen.

Als dann die Nachricht kam, daß du heimgekehrt seiest, daß der Traum deines Vaters doch Wahrheit geworden und meine Gewißheit auch, da konnte ich Albert und unseren kleinen Werner kaum mehr sehen. Ich verlor fast meinen Verstand daüber, daß du wieder da warst und ich dir nicht jubelnd entgegenlaufen konnte."

Wieder trat eine Pause ein, bis Martin fragte: „Wer hat euch die Nachricht zugeschickt?"

„Sie stand in der Zeitung, ganz ausführlich: Wie du heimgekommen, wie du scheintot in dem leeren Haus auf Stroh lagst, vom Schmerz über meine Untreue getötet, und wie dich dann ein Fremder ins Leben zurückrief und zu sich nahm. – Ja, Martin, nun habe ich dir alles gesagt. Glaubst du mir, daß es so war?"

„Ja, Dora, ich glaube dir! Ihr seid alle beide unschuldig. Er hat sich eine Frau genommen, die laut amtlicher Erklärung seit vier Jahren Witwe war, und du hast unser Kind retten wollen. Ja, ihr seid beide unschuldig, Jesus Christus weiß es!"

„Ach, Martinko, ich hätte dennoch nicht einwilligen, ich hätte lieber sterben sollen. Hätte mir jener Soldat nicht erzählt, daß er dich selbst in das Grab gelegt, niemals hätte ich an deinen Tod geglaubt. Warum, warum hat er mich nur so betrogen...?"

„Er hat dich nicht betrogen, Dora", suchte Martin die Schluchzende zu beruhigen. „Uhlarik war wirklich einer meiner besten Kameraden. Er fand mich auf dem Schlachtfeld, als ich unsere Toten und Verwundeten suchte. Daß ich in einem furchtbaren Krampf dalag, der sich bei mir infolge dieser Schrecknisse schon zum zweitenmal eingestellt hatte, wußte er nicht. Er ahnte auch nicht, daß ich fühlte, wie er mich trug, daß ich hörte, wie er über mir weinte und daß er mir großen Schmerz bereitete, als er mir gewaltsam die Augen zudrücken wollte.

Als er mich zu den toten Kameraden legte, wollte ich verzweifelt zu erkennen geben, daß ich noch lebte. Da wurde Alarm geblasen, der alle Soldaten abrief. Gleich darauf setzte der höllische Lärm der Maschinengewehre ein, Granaten detonierten und Kugeln pfiffen. Die Erschütterung aber, die dieser jähe Schlachtenlärm in mir hervorrief, löste meine Erstarrung, ich erwachte, sprang aus dem Graben und lief blindlings irgendwohin. Als dann nach kurzer Zeit der Feind in die alten Stellungen zurückgejagt war, vollzog der Feldkurat die Begräbniszeremonie für jene Toten, deren Namen er auf der Liste hatte. Darunter war auch ich. Niemand konnte erkennen, daß ich inzwischen fehlte. Mich fanden die Russen unter ihren Verwundeten und nahmen mich als Kriegsgefangenen mit. Das, Dora, ist meine Geschichte, die so verhängnisvoll für dich wurde. Und nun komm, wir wollen zur Tante gehen, es ist schon spät, und wir können ja unterwegs noch weiter erzählen."

Sie standen auf und gingen dicht an mir vorüber, ohne mich zu bemerken. Als sie hinter einem Hügel verschwunden waren, machte auch ich mich auf den Weg nach Hause. Martin war schon da und machte inzwischen mein Abendbrot zurecht. Er selbst habe bei der Muhme gegessen, sagte er mir. Er sah bleicher aus als gewöhnlich, aber sonst merkte man ihm nicht an, welche Stunde er hinter sich hatte. Ruhig wie immer brachte er mir die Post, einen Brief von der Schulverwaltung und Geld für die Unkosten, auch ein Paket mit Lehrmitteln.

„Wollen wir noch lesen?" fragte er mich.

„Ja, Martin", sagte ich, „Sie sind sicher müde vom Weg in die Stadt, wir wollen zusammen den 121. Psalm lesen und uns dann schlafen legen."

Er nahm die Hände wie zum Gebet gefaltet auf den Tisch und stützte den Kopf darauf. Am tröstlichsten erklangen ihm wohl die Worte: „Er wird deinen Fuß nicht gleiten lassen, und der dich behütet, schläft noch schlummert nicht." Und dann der Schluß: „Der Herr behüte deinen Ausgang und Eingang von nun an bis in Ewigkeit."

Anschließend beteten wir immer. Da ich aber meinte, das nicht eher tun zu können, bevor Martin nicht erfahren hatte, daß ich alles wußte, legte ich die Hand auf seine Schulter und klärte ihn darüber auf.

Die Reaktion Martins verblüffte mich. Er wurde auf einmal lebhaft. „Also, Sie wissen schon, daß sie unschuldig ist?" sagte er beinahe erfreut, und das feine Rot innerer Bewegung legte sich auf sein Gesicht.

„Ja, Martin, ich weiß! Aber was jetzt?"

„Das weiß ich auch noch nicht. Aber beten Sie mit mir, daß Gott mir seinen Willen offenbare. Auf dem Heimweg meinte ich, ihn klar vor Augen zu sehen. Auf dem Amt hatten sie mir gesagt, daß Doras Ehe mit Hajek genauso gesetzmäßig sei wie die mit mir. Die Frau darf wählen. Wen sie erwählt, der bleibt ihr gesetzmäßiger Mann. Ich war entschlossen, beiden zu schreiben, daß ich von meinen Rechten zurücktrete und sie nur bitte, mir den Jungen zu geben. Aber nun ist sie selbst gekommen..."

„Ja, nun ist sie selbst gekommen", sagte ich, da Martin sinnend schwieg, „und sie hat ihre ganze Liebe mitgebracht, die auch an der Seite eines so edlen zweiten Mannes nicht sterben konnte."

Er wehrte fast erschrocken ab. „Ich weiß, ich weiß, aber bitte, sprechen Sie nicht davon! Wecken Sie das nicht auf, was ich auf dem Heimweg mit soviel Schmerzen begraben habe: meine große Liebe zu ihr und den Wunsch nach einem Heim und Familienglück."

„Warum sollten Sie diese Wünsche begraben? Sie sagen, daß sie das Recht hat, sich zu entscheiden. Ich bin überzeugt davon, daß sie sich für Sie entscheiden wird. Wie könnte sie überhaupt an Hajeks Seite weiterleben und mit dem Herzen Ihnen gehören? Sie werden freilich alle drei darunter leiden, alle drei..."

„Sie haben ja recht, aber bedenken Sie doch: Ich bin ein kranker Mensch. Ich habe mich gestern vom Arzt untersuchen lassen. Da ich um jeden Preis die Wahrheit wissen wollte, sagte er mir, daß ich, selbst wenn ich mich in keiner Weise anstrenge, nicht mehr lange zu leben habe. Das Tischlerhandwerk dürfe ich schon auf gar keinen Fall ausüben. Meine kleine Wirtschaft kann uns nicht ernähren, und auch sie würde ja schwere Arbeit erfordern. Wenn Dora zu mir zurückkehren würde, dann müßte ich sie doch bald wieder allein lassen, und sie hätte sich vergebens von Hajek und ihrem kleinen Werner getrennt. Nein, ich muß ihr entsagen!

Wie könnte Jesus mit mir zufrieden sein, wenn ich nur den großen, brennenden Wunsch meines Herzens erfüllte, ohne Rücksicht auf Doras Wohl zu nehmen!“

Martins Stimme zitterte. Das Rot auf seinen Wangen hatte Flecken bekommen, die verrieten, wie erregt er war.

„Wir wollen nicht länger darüber sprechen, Martin“, meinte ich besorgt. „Wir wollen lieber beten und auf Gottes Stimme hören, denn er sagt so tröstlich zu uns: Ich will dich unterweisen und dir den Weg zeigen, den du wandeln sollst. Ich will dich mit meinen Augen leiten.“

* * *

Am nächsten Vormittag – ich beschäftigte mich gerade in einer Unterrichtspause mit den neuen Lehrmitteln, während Martin im Nebenraum die Jungen beaufsichtigte – erhielt ich Besuch. Frau Dora trat in mein Zimmer. Sie wollte mir dafür danken, daß ich den, den sie liebte, aus seiner Ohnmacht erweckt und bei mir behalten hatte. Ich freute mich über diesen Besuch und nahm gern die Gelegenheit wahr, ihr zu sagen, warum mir an Martins Leben so viel gelegen war. Als ich davon sprach, daß ich nicht gewollt habe, daß er aus diesem irdischen Leid in ein ewiges Leid ginge, sagte sie mir höchst befremdet: „Aber er ist doch niemals ein schlechter Mensch gewesen, warum sollte er denn in ewiges Leid gehen? Gott hätte ihn doch ganz gewiß zu sich genommen. Und was er im Krieg tun mußte, das haben doch alle mitgemacht.“

Da mußte ich schon ein wenig weiter ausholen: „Jesus sagt zu Pilatus: ‚Wer mich dir überantwortet, der hat *größere*

Sünde.' Aber er sagt nicht, daß Pilatus *ohne* Sünde gewesen sei. Das Wort Gottes sagt uns, daß keiner gerecht ist, auch nicht einer. Sie haben alle gesündigt und mangeln des Ruhmes, den sie vor Gott haben sollten. Alle Menschen müssen sich daher sagen lassen, daß sie nur *aus Gnade* errettet werden können. Und Martin hat Ihnen sicher gesagt, daß ihm diese Gnade schon widerfahren ist."

Frau Dora blickte mich ernst an und entgegnete ebenso ernst: „Ja, er meinte, daß er das verlorene Schaf sei, das der Sohn Gottes gesucht und gefunden habe, daß er ihm alle Sünden vergeben und ihm das neue, ewige Leben geschenkt hat."

Da war die Pause zu Ende, und die Kinder kamen zurück. Es tat mir leid, daß wir unser Gespräch abbrechen mußten. Ich reichte Frau Dora freundlich die Hand und ging mit ihr hinaus. Dabei sagte sie noch schnell, daß die Tante uns beide zu Tisch bitten ließe.

Da wurden zwar auch ernste Dinge besprochen, auch nachher das Wort Gottes gelesen, aber auf unser Gespräch vom Morgen kamen wir nicht mehr zurück. Mit dem Abendzug reiste Frau Dora dann heim.

Nachdem Martin sie zur Bahn gebracht hatte, saßen wir noch eine Weile beisammen und plauderten. Er habe Hajek bitten lassen, hierherzukommen, erklärte er, sie müßten doch gemeinsam beraten. Wie Dora dann entscheiden würde, so sollte es werden.

In meinem Abendgebet bat ich Gott, er möge die Sache doch recht bald zum Abschluß bringen, denn ich sah, wie sehr mein guter Martin unter der Ungewißheit der ganzen Sache litt. Bei Tag suchte er in der Arbeit Ablenkung, aber des Nachts lag er oft lange schlaflos in seinem Bett, von quälenden Vorstellungen gepeinigt. Er war froh, wenn ich dann bei ihm saß und ihm den kalten Schweiß von der Stirn wischte. Wenn er endlich einschlief, verfolgten ihn die Schrecken des Krieges im Traum. Kalte Umschläge und Baldriantee brachten ihm Beruhigung, das Wort Gottes und Gebet machten die Seele still.

Oft, wenn ich nächtlicherweise so bei ihm saß, mußte ich denken: Und sie, Dora, sollte bei Hajek bleiben und den Mann, den sie liebt, in dieser Qual lassen? Wenn er je das liebevolle Herz und die zarte Hand einer Frau brauchte, dann war es heute. Er wußte, wie gern und freudig ich ihm half, aber es quälte ihn, daß ich am anderen Morgen müde und übernächtigt sein würde.

In diesen Tagen erkrankten die Kinder des Dorfes an Windpocken. Der Doktor hatte viel Arbeit und kam alle Tage auf kurzen Besuch zu uns. Einmal blieb er sogar über Nacht da, und das war gut. Martin bekam wieder einen Anfall, der ihn ganz erschöpfte. Der Doktor wollte sich überzeugen, wie ich mich dabei anstellte, und trat leise in unsere Stube, gerade als wir beide im Gebet versunken waren. So hörten wir ihn nicht. Erst als es mir gelungen war, den Patienten zu beruhigen, gab ihm der Arzt ein Mittel, nach dem er rasch einschlief. Der Doktor aber blieb noch nachdenklich bei mir sitzen.

„Sie plagen sich vergeblich“, meinte er, „Zapola würde nur geholfen, wenn seine Frau zu ihm zurückkehrte. Diese Freude würde alle Gespenster bannen.“

Also auch der Doktor teilte meine Ansicht. Ich betete noch inniger dafür, daß Gott diese schmerzliche Angelegenheit doch bald klären möge.

Am anderen Tag korrigierte ich gerade die schriftlichen Arbeiten meiner Schüler, und Martin unterrichtete die Kleinen, als es plötzlich klopfte. Ein hochgewachsener, mir unbekannter Mann stand an der Tür. Auch ohne Vorstellung wußte ich, wen ich vor mir hatte – Hajek. Er war ganz so, wie Dora ihn Martin gegenüber geschildert hatte.

„Ich bin sehr froh“, begann er, nachdem ich ihm einen Stuhl angeboten hatte, „daß ich Sie zuerst kennenlerne, Herr Lehrer. Sie haben schon so viel für uns getan, daß ich hoffen darf, auch jetzt auf Ihre Hilfe rechnen zu können.“

„Sehr gern, Herr Hajek, wenn ich's nur vermag.“

„Nicht wahr, Sie wissen doch, wie sich alles so nach und nach ereignet hat?“

„Ja, das weiß ich. Nur weiß ich nicht, wie Sie über den weiteren Verlauf der Sache denken. Herr Zapola hat Sie gerufen, damit Sie miteinander beraten können. Er will, daß Ihre Frau dann selbst entscheidet.“

„Was ist da zu entscheiden?“ fragte er traurig. „Gesetzt den Fall, daß Sie an meiner Stelle stünden, was Gott verhüten möge, was würden *Sie* tun?“

„Ich würde Herrn Zapola Weib und Kind zurückgeben, auch wenn ich daran zugrunde gehen würde.“

„So würde sicher jeder Ehrenmann handeln, wieviel mehr ich, der ich, ohne es zu wollen, die ganze Not verschuldet habe!“

„Sie wollten den Verlassenen helfen“, beschwichtigte ich nun. „Sie hatten es gut gemeint.“

„Ja, das kann ich wahrhaftig sagen, und das ist mein Trost. Aber meine Mutter war von Anfang an mit diesem Schritt nicht einverstanden. Sie sagte damals: ‚Du meinst, ein Vater der Witwen und Waisen sein zu müssen, als ob der eine rechte Vater im Himmel nicht imstande wäre, für sie zu sorgen!‘ Sie meinte, ein Mann solle niemals ein Weib nehmen, das doch nur bei Tag und Nacht die Spuren des toten Mannes suchen würde. Als sie dann Dora kennenlernte, gewann meine Mutter sie sehr lieb, besonders als sie sah, welch musterhafte Ordnung wir hatten und wie treu sie für mein Wohl sorgte. Wohl wußte ich, daß sie ihren ersten Gatten niemals vergessen würde, aber sie hatte mich dennoch lieb wie eine Schwester, und ich war zufrieden. Mein Familienglück leuchtete wie der helle Tag, aber es ging auch so unter. Daß ich nun mit meinem Kind allein bleiben muß, und daß es keine Mutter haben wird, ist ein großes Leid. Und auch sie wird unseren kleinen Liebling nie vergessen können, sie hat ihn doch geboren."

Hajek sprach, als stünde er an einem offenen Grab.

„Wenn Herr Zapola aber nicht die Absicht hat, Ihnen Ihre Frau zu nehmen? Er weiß doch, daß Ihre Ehe gesetzmäßig ist!" warf ich nach einer kleinen Pause ein.

Der Mann schüttelte den Kopf. „Wenn Dora die Entscheidung treffen soll, dann weiß ich, wie sie ausfallen wird", sagte er müde.

Über unserem Gespräch war die Zeit vergangen, und ich mußte wieder in die Schule. „Verzeihen Sie, bitte", brach ich daher die Unterhaltung ab, „die Schulkinder warten auf mich. Ich rufe Ihnen Herrn Zapola." Als ich über den Hof ging, traf ich mit ihm zusammen.

„Hat Sie etwas zurückgehalten?" fragte er lächelnd. Es lag wie Heiterkeit auf seinem Gesicht. Sicher hatte unsere kleine Schar ihn so erfreut.

„Ja, ganz recht", erwiderte ich freundlich, „eine Unterredung mit Hajek. Er erwartet Sie in meiner Stube."

Martin lehnte sich an die Flurtür und schloß für einen Augenblick die Augen.

„Gott ist bei Ihnen!" tröstete ich.

„Ja, er wird mir helfen!"

So trennten wir uns.

* * *

Als ich nach dem Unterricht in die Küche trat, hörte ich Stimmen aus Martins Stube. „Ich sollte doch wohl zu ihnen hineingehen!“ dachte ich und öffnete behutsam die Tür.

Sie saßen beide am Tisch, vor ihnen lag aufgeschlagen die Bibel. Ihre Gesichter waren blaß, nicht traurig, aber tiefernst.

„Glaubst du mir, Hajek, daß ich nicht anders kann?“ fragte Martin herzlich.

„Nachdem du mir die Dinge in diesem Licht gezeigt hast, glaube ich es und denke, daß auch Dora darauf eingehen wird. Sage es ihr bitte so, daß sie nicht zu betrübt ist. Vergiß nicht, daß sie jahrelang auf dich gewartet hat und ihr Herz jetzt voller Freude darüber ist, daß sie dich lebend wiedersehen durfte, wenn auch diese Freude nicht ungetrübt ist. Sollte sie nun erfahren, daß sie dich bald wieder verlieren müsse, so wird ihr das sehr wehtun.“

„Du wirst ja zuerst mit ihr sprechen, Albert. Du wirst ihr alles am leichtesten erklären können.“

Martin blickte Hajek so herzlich an, daß niemand auf der Welt geahnt hätte, was diese beiden Männer verband und trennte. In diesem Augenblick hatte Hajek mich bemerkt.

„Wie gut, daß Sie schon zurück sind, Herr Lehrer, wir erwarten Sie sehnlich! Ich möchte, daß Herr Zapola in Ihrer Gegenwart nochmals ausspricht, was er von mir verlangt. Ich möchte hören, was Sie dazu sagen.“

„Nun gut, ich bin bereit.“

Martin begann: „Ich habe gebeten, Dora möchte zu mir zurückkehren, um mich zu pflegen. Ich glaube fest, daß Gott mir diese Krankheit auferlegt hat, um mir dadurch zu zeigen, was sein Wille ist. Darum soll Dora auch nur als

Schwester zu mir kommen, nicht als meine Frau. Auch die Nachbarn sollen erfahren, daß wir nicht als Eheleute zusammenleben. Auf diese Weise kann Dora, wenn Gott der Herr mich zu sich rufen sollte, getrost wieder zu ihrem früheren Gatten zurück. Niemand kann Anstoß daran nehmen, und der Name des Herrn wird nicht verunehrt. Wenn aber Gott mir soweit Leben und Gesundheit wiedergibt, daß ich eine Frau ordentlich ernähren kann, dann wird Hajek so gut sein, das als Entscheidung Gottes hinzunehmen und mir meine Frau zurückgeben. – Das ist der Rat, der mir auf mein Gebet um Jesu Leitung in dieser Frage geschenkt wurde."

Martin schwieg und sah mich bittend, aber mit dem Ausdruck fester Gewißheit an.

„Sind Sie einverstanden, Herr Hajek?" fragte ich ernst.

„Einverstanden! Solch einen Rat konnte wirklich nur Gott uns geben."

„Sie haben recht", entgegnete ich, „bitte, schicken Sie uns Dora sobald wie möglich."

„Ja, sogleich! Und auch Janik schicke ich mit. Mögen sie dir Glück und Gesundheit bringen, Martin, ja, alles, was dein Herz begehrt!"

Es fiel uns schwer, von Hajek Abschied zu nehmen. Mir erschien er wie das reine Erz, das einen klaren, schönen Ton gibt. Er ist ein ganzer Mann und ohne Falsch. Ich lernte in ihm einen Menschen kennen, der viel von Gott weiß und sich nach noch innigerer Verbindung mit ihm sehnt. Schmerzlich dabei war mir nur, daß dieser Mann, der von Christi Kreuzigung und Auferstehung wußte, der an eine Ewigkeit glaubte, Jesus Christus noch nicht als seinen persönlichen Heiland kannte. Er stand sozusagen am Scheideweg, weder am breiten noch am schmalen, weder in der Welt noch im Reich Gottes. Aber auch ihm waren die

Augen aufgegangen, daß wir etwas haben, was ihm noch fehlte, und wonach er sich seit langem sehnte.

* * *

Wohl war die Robinsonade schön, die ich mit meinem „Freitag" verlebt habe, aber es ist doch wahr, daß wir Männer ohne die Frau nicht lange zurechtkommen. Daß es ohne sie kein harmonisches Ganzes gibt, sehe ich erst jetzt, wo wir nicht mehr allein sind, sondern Frau Dora uns umsorgt. Sie ist auf Martins Vorschlag eingegangen.

„Wenn ich nur bei dir sein darf", hatte sie ihm gleich bei ihrer Ankunft gesagt, „wenn ich dich nur pflegen kann, dann bin ich mit allem einverstanden."

Neben Bettzeug und Kleidern brachte sie auch einiges von ihren Möbeln mit, so daß unsere Hütte immer vollkommener eingerichtet wurde, aber was die Hauptsache war: Martins Junge kam mit hierher. Damals, als der Vater ihn verlassen mußte, hatte er noch als Säugling in der Wiege gelegen, heute war er elf Jahre alt und dem Vater wie aus dem Gesicht geschnitten. Ich habe nun einen Schüler mehr und einen recht begabten sogar. Er sticht nicht wenig von den anderen ab. Zart, hochaufgeschossen, in städtischer Kleidung, sieht er eher wie ein Herrenkind denn ein Bauernsohn aus. Aber er versteht sich gut mit allen anderen. Seine Mutter erklärte uns voll Sorge, daß er jähzornig, eigensinnig und herrschsüchtig sei. Es zeigte sich auch bald, daß sie nicht unrecht hatte. Aber auch etwas anderes ließ sich erkennen, was zu schönen Hoffnungen berechtigte: Ein Blick aus den Augen des Vaters genügte, ihn sofort zur Besinnung zu bringen.

Dieser Vater, von dem er jahrelang nur das Beste gehört, den er sehnsüchtig erwartet und dann heiß beweint hatte, als die Nachricht kam, daß sie ihn in ein Massengrab versenkt hatten, dieser Vater, sicherlich sein Ideal, beherrschte auch jetzt das ganze Herz des Jungen. Er fühlte, wie sehr der Vater ihn liebte, wie sie eins waren.

Als Martin zum ersten Mal seine schriftlichen Aufgaben durchsah, da wagte es der Junge, verstohlen seinen Kopf an die Brust des Vaters zu lehnen. Und als der Vater, durch diesen Ausdruck der Anhänglichkeit erfreut, ihm liebkosend über das Haar strich, schlang er leidenschaftlich beide Arme um seinen Nacken: „Väterchen, mein Väterchen!" Für nichts auf der Welt möchte ich es hergeben, daß ich in diesem Augenblick anwesend sein durfte.

Janik ist nicht gesprächig, eher träumerisch und schweigsam, aber seinem Vater erzählt er alles. Da er weiß, daß sein Vater nicht gesund ist und sich schonen muß, auch daß er nichts Schweres heben darf, gibt er auf ihn sorgsam acht. Mag er noch so sehr in etwas vertieft sein – sobald er sieht, daß sein Vater am Brunnen Wasser holt oder sonst eine Arbeit verrichtet, gleich ist er zur Stelle, um dem Vater zu helfen. Wenn sein Vater in der Schule erzählt, dann setzt er sich neben ihn – diesen Platz und dieses Vorrecht müssen ihm alle Kameraden gönnen – und hört aufmerksam zu, ohne einen Blick von ihm zu wenden. Die beiden schlafen auch zusammen in einer Stube. Frau Dora hat ihr Bett in der Küche aufgestellt. Sie läßt die Tür angelehnt, um hören zu können, wenn Martin etwas braucht.

Aber meist braucht er jetzt nichts. Der Doktor hat recht gehabt. Es ist, als wäre durch die Rückkehr seiner Lieben neue Lebenkraft in ihn gekommen. Jene wüsten Träume, die ihn vorher oft gequält hatten, sind seitdem noch nicht wiedergekommen. Wenn er jetzt aus dem Schlaf aufschreckt und die gesunden Atemzüge seines Kindes hört, dann wird er ganz ruhig und dankt Gott für diese Freude – und alle furchtbaren Bilder sind wie weggezaubert.

Kürzlich haben uns wieder der Schulinspektor und der Pfarrer besucht. Das Innere und Äußere der Schule gefiel ihnen jetzt gut. Von den Kindern sagten sie, daß sie schon ganz anders geworden seien. Ich zeigte ihnen, wie unsere Größeren in den Handfertigkeitsstunden unter Sykoras Anleitung den zerfallenen Zaun ausgebessert hatten. Auch der Garten war umgegraben, die Bäume beschnitten und gedüngt. Der Inspektor und der Pfarrer waren auch bei Martins Erzählen zugegen. Sie waren sehr zufrieden damit und versprachen, ihm für seine Hilfe zweihundert Kronen zu erwirken. Durch den Doktor hatten sie von den tragischen Umständen in Zapolas Familie erfahren, aber auch von der Wendung.

„Dieser Mann hat sehr vernünftig gehandelt", erklärte mir der Inspektor später, „allerdings auch ein großes Opfer gebracht, um so mehr, als er wohl nicht mehr lange leben wird. Aber seine Frau wird doch einmal die Beruhigung haben, daß sie ihn bis zu seinem Ende pflegen und ständig noch bei ihm sein durfte."

Ich lud die Herren zum Vesperbrot ein. Sie aßen an dem hübsch gedeckten Tisch in meiner Stube, Frau Dora bediente sie, wie sie es bei ihrer Herrschaft gelernt hatte. Den beiden gefiel das, und sie behandelten sie sehr zuvorkommend.

Inzwischen ist es Advent geworden, und durch den winterlichen Wald klingt oft das Glockengeläut zu uns herüber, das vom Nachbarort her zum Gottesdienst ruft. Schade, daß es so weit ist! Aber auch wir haben jeden Abend von sechs bis sieben eine Stunde für die Jugend. Da üben wir für die Weihnachtsfeier, die wir am Heiligen Abend in Topolova halten wollen.

Mir ist zu Ohren gekommen, daß gerade an diesem Abend in Topolova und den umliegenden Weilern viel Übles getrieben wird. Viel Trinkgelage mit daraus entspringenden Streitereien und anderen Zügellosigkeiten. Möchte Gott uns schenken, daß durch unsere Feier die Gedanken der Menschen auf bessere, höhere Dinge gelenkt werden!

Nach der Jugendstunde kommen ältere Männer und Frauen. Wir lesen im Wort Gottes, singen Adventslieder, und ich habe Gelegenheit, sie auf den kommenden Gottessohn hinzuweisen, auf seinen Auftrag und dessen Bedeutung für uns. Mit Gebet schließen wir. Mancher kommt darüber zur Besinnung, und ich danke Gott dafür. Sie alle aber fühlen, daß ich sie liebhabe und vergelten mir diese Liebe mit großer Anhänglichkeit. Besonders wenn ich komme, ein erkranktes Kind zu besuchen, wird das deutlich. Sie erlauben mir sogar, Fenster und Türen zu öffnen, was in diesem von Unwissen und finsterem Aberglauben durchsetzten, abgelegenen Winkel keineswegs selbstverständlich ist.

Lange, lange ist dieses Volk bewußt vernachlässigt worden. Jene vereinzelten Männer, die sich seiner treulich angenommen haben, wurden gewaltsam zum Schweigen gebracht, und diejenigen aus dem Volk, die zu Bildung kamen, wurden ihm sogleich entfremdet. Aber was dieses Volk vor allem ins Verderben stürzt, ist das Laster, die Sünde. Was es jedoch emporheben könnte, wären Schulen, in denen Jesus Christus, und er allein, der Eckstein und sein Wort Regel und Richtschnur des Lebens wäre. Aber solche Schulen haben wir leider noch nicht.

Aber die Blicke empor! Hat Gott nicht Macht genug,

Leben und Lehrer zu erwecken? Hat er nicht Kraft genug, durch den Heiligen Geist eine brennende Liebe zu Jesus Christus zu entzünden, daß unsere Herzen brennen und wir unter Hingabe unseres ganzen Lebens die kommende Generation zur Wahrheit, zur Liebe, zum Licht des Heilandes führen?

* * *

Nun ist unsere Weihnachtsfeier vorüber. Sie hat viel Arbeit, Kampf und – Enttäuschung und Leid gekostet. Aber sie war es wert, das alles hinzunehmen. Immer wieder versuchte der Feind, uns diese Feierstunde zunichte zu machen, wohl, weil er um seine Herrschaft fürchtete. Aber Gott ist stärker! Er hat gesiegt, und diese große Stunde ist zustandegekommen.

Ja, endlich war alles gut. Der Gesang erklang, als hätten ihn meine Jungen und Mädchen auf Bethlehems Fluren erlernt. Das Wort Gottes und die Gedichte wurden tadellos aufgesagt. Der große Baum, den uns der Förster geschenkt hatte, prankte im Schmuck der Kerzen, und es fiel mir so leicht, darunter von den ewig blühenden Bäumen zu reden, zu denen der in Bethlehem geborene Heiland als das Licht der Welt uns führen will. So bot ich allen Anwesenden die größte Weihnachtsgabe unseres himmlischen Vaters an und bat sie, diese anzunehmen, denn „Also hat Gott die Welt geliebt, daß er seinen eingeborenen Sohn gab“ und „Wie viele ihn aufnahmen, denen gab er Macht, Gottes Kinder zu werden.“

Nach dieser Feier stand ich mit Martin allein unter dem noch im Lichterglanz erstrahlenden Baum. Ganz still war es geworden. Die Kleinen und Großen hatten alle das Schulhaus verlassen. Da trat Frau Dora zu uns und legte ihren Arm um Martins Hals.

„Mein Martin", sagte sie bewegt, „wenigstens heute ziehe mich an dein Herz, du sündigst damit gegen niemanden. Du hast Jesus Christus, Gottes Sohn, und ich bin auf der ganzen weiten Welt allein."

Er zog sie an sich, küßte ihre Stirn und ihre Lippen und sagte: „Warum bist du allein, meine Dora, heute ist doch der Heilige Abend, heute ist uns der Heiland geschenkt worden, so nimm ihn doch auf!"

Und wir erlebten wirklich diese größte Freude unseres Festes: Dora nahm ihn auf, ließ den Sohn Gottes einziehen in ihr Herz und wird nun nie, niemals mehr allein sein.

* * *

Am Weihnachtsmorgen gingen wir beide, Frau Dora und ich, zur Kirche. Wir gingen in die klare Winterluft hinein, während der gefrorene Schnee unter unseren Füßen knirschte. Uns war so leicht ums Herz.

Auf dem Hügel oberhalb von Valkovce blieben wir stehen, um Atem zu holen und uns die schöne, winterliche Welt anzusehen. Die Föhren im Schmuck des Rauhreifs sahen aus, als hätten sie sich dem heutigen Feiertag zu Ehren mit Silber und Diamanten geschmückt. Die Sonne durchdrang mit freundlichem Schein die Nebelschleier, und überall woben goldene Strahlen. Das Städtchen, das zu Füßen des Hügels lag, erinnerte mit den schneebedeckten Dächern und Kirchtürmen an ein Wintermärchen. Da und dort hingen Kristalle herab, die in den Sonnenstrahlen glänzten.

„Wie schön ist doch Gottes Schöpfung im Winterkleid!“ sagte Frau Dora leise, als fürchte sie, den Zauber dieses Morgens zu stören.

„Und wie schön wird es erst dort sein, wo alles weißer ist als Schnee und nicht nur scheinbare, sondern wirkliche Diamanten die Wohnungen der Menschen schmücken werden“, entgegnete ich im gleichen Ton.

„Es ist seltsam“, meinte Dora nach einer Weile sinnend, „ich kenne das alles doch schon lange, wie oft bin ich hierher gegangen – aber noch nie ist mir die Welt so schön erschienen wie jetzt. Ganz gewiß kommt das daher – aber bitte, wundern Sie sich nicht über das, was ich jetzt sage – weil ich noch nie so etwas an innerer Stille und innerer Klarheit gefühlt habe wie heute. Seit jenem Augenblick, da Sie mit mir in der Schule gesprochen haben, war es mir wie einem Menschen, dem langsam der Schleier von den Augen genommen wurde. Was habe ich in dieser Adventszeit alles durchlebt! Aber niemals habe ich mich so elend und verloren gefühlt wie gestern in der Feierstunde. Ich wußte, daß Sie und Martin diesen Frieden hatten, den ich noch suchte, ich fühlte, daß mich mehr von meinem Martin trennt als nur meine zweite Heirat. Und heute...“

Sie hielt inne. „Und heute?“ fragte ich zurück, um sie zum Weitersprechen zu bewegen.

„Heute klingen Weihnachtsglocken in dem Herzen, das gestern noch so wund und friedlos war. Heute ist auch in meinem Inneren alles festlich geschmückt. Niemand auf der Welt könnte mir erklären, was mit mir geschehen ist – aber daß etwas geschehen ist, das fühle ich, mehr noch, das weiß ich. Ich bin um nichts besser, als ich gestern gewesen bin, aber ich habe heute einen großen und guten Schatz im Herzen: Jesus Christus, unseren Heiland.“

Sie schwieg, denn jetzt begannen von der katholischen Kirche die Glocken zu läuten. Es war, als verkündigten auch sie die Engelsbotschaft: Ehre sei Gott in der Höhe und Friede auf Erden und den Menschen ein Wohlgefallen!"

Wir schritten schneller aus, um rechtzeitig auch unser Gotteshaus zu erreichen.

* * *

Viele Tage sind vergangen. In der Natur regt sich das Leben. Der Schnee schwindet, das Eis schmilzt, und hastig springt der Bach zu Tal. Schon beginnen die Wiesen zu grünen, und die Knospen an den Bäumen zu schwellen. Die Auferstehung, der Frühling ist gekommen. Das alles ansehen, mit erleben zu dürfen ist ein Glück. Aber mir wurde noch ein größeres Glück zuteil.

Ich durfte miterleben, wie auch Janik anfing, die Wahrheit zu suchen, wie auch er sich zum beständigen, ewigen Leben hin entfaltete.

Zum erstenmal hatte ich Gelegenheit zu sehen, mit welchen Schwierigkeiten ein Kind zu kämpfen hat, wenn Jesus Christus in sein Leben tritt, wie es es sich der Forderung widersetzt: „Gib mir, mein Sohn, dein Herz!" So wie ein Kind am schwersten leiblich stirbt, so wehrt es sich vielleicht auch am heftigsten gegen den Tod des alten Menschen. Darum aber ist es dann auch ein überaus schönes Leben, wenn es sich durchgekämpft hat. Wie freue ich mich, daß es bei unserem Janik jetzt geschehen ist!

Unsere gemeinsamen Abendstunden sind jetzt besonders schön. Gott wirkt deutlich erkennbar in unserer kleinen Hütte.

Es war an einem Sonntag nach solcher Stunde, als Martin uns sehr fesselnd über seinen Aufenthalt in Sibirien und von seiner Flucht durch Japan erzählte. Und, was er bisher noch nie getan hatte, er fügte dieser Erzählung ein persönliches Zeugnis hinzu, wie er damals selbst ein Heide gewesen, der ohne Gott und ohne Christus in der Welt lebte, und wie ihm dann die Gnade Gottes bei seiner Heimkehr begegnet war.

Obwohl Dora bei uns saß, verschwieg er nicht, welch eine Verzweiflung ihn befallen, als er endlich heimkam und in dem Haus, von dem er die Erfüllung seines ganzen Glücks erträumt hatte, allein war. Doch hatte es wohl so kommen müssen, fügte er ernst hinzu, denn das Herz, das zehn Jahre lang in götzendienerischer Weise an Weib und Kind gebunden war, das nur von der Hoffnung auf ein Wiedersehen gelebt hatte, mußte diese Schätze erst verlieren, um endlich für den bereit zu werden, der jahrelang vor seiner Herzenstür gestanden und vergeblich angeklopft hatte. Mit wenigen, aber ergreifenden Worten beschrieb Martin die Qualen des erwachten Gewissens, bis endlich Christus in sein Leben eingezogen war. Die Liebe Gottes habe es ihm auch ermöglicht, seine Familienverhältnisse so zu ordnen, wie sie nun waren. Er sagte den Nachbarn, die an diesem Abend bei uns waren, daß er nur in geschwisterlicher Weise mit seiner Frau zusammenlebe und warum er das tat. Dann betete er und flehte um Gnade für alle Anwesenden, daß sie ihre Buße doch nicht aufschieben und nicht zögern möchten, sich ganz dem Heiland zu übergeben – und bevor wir es recht merkten, hatte er das Zimmer verlassen. Er tat das öfters, um frische Luft zu atmen. Wir dachten uns nichts dabei.

Ich schloß die Versammlung mit einem Abendlied. Schweigend reichten wir uns die Hände zum Abschied. Nur Sykora, der Tischler, blieb, weil er noch allein mit mir zu sprechen wünschte. Aber es kam zu keinem Gespräch. Auf dem Hof kam uns Janik entgegengelaufen: „Herr Lehrer, Herr Lehrer, mit Vater steht es sehr schlimm!"

Wir eilten in seine Stube. Martin lag, von Kissen gestützt, auf dem Sofa, das ihm seine Frau mitgebracht hatte. Er rührte sich nicht.

Frau Dora zeigte mit gefalteten Händen auf ihn.

„Ich hole den Arzt!" sagte Sykora und verschwand.

Martin war nicht ohnmächtig, wie es den Anschein hatte. Sein Herz klopfte lebhaft. Ich begann zu beten, und das brachte ihm innerlich Erleichterung. Gerade als ich ihm Arznei geben wollte, trat der Doktor in die Stube. Seine Hilfe brachte unseren Freund so weit, daß er wieder sprechen konnte.

Mit liebevollem Blick sah er zu seiner Frau.

„Erschrick nicht, meine Dora, ich habe seit langem gefühlt, daß es naht."

„Ich erschrecke nicht, Martin", sagte sie, die Tränen tapfer unterdrückend, „schließe nur die Augen, ich bin bei dir!"

Er schloß sie und war bald eingeschlafen. Da ging ich mit dem Doktor leise hinaus in meine Stube.

Der Arzt zuckte mit den Achseln. „Unsere Hoffnung war vergebens", sagte er, „das Glück kam zu spät. Er wird es kaum lange mehr aushalten. Vielleicht noch ein paar Tage, vielleicht auch Wochen, auf jeden Fall aber ist es der Anfang vom Ende. Sollte sich der Anfall wiederholen, so kann er noch heute durch das Tal des Todesschattens hindurch sein. Aber ich bin froh, daß er von der Liebe überzeugt ist, die hindurchführt. Es erleichtert ihm vieles. Treffen Sie jedenfalls Vorkehrungen für alles, was er auf dieser letzten Strecke noch braucht."

Martin konnte seine Stube nicht mehr verlassen. Bei Tage

lag er angekleidet auf dem Sofa, des Nachts in seinem Bett. Soviel Bewegung erlaubte ihm das Herz noch, mehr aber nicht. Jener schmerzvolle Anfall hatte sich nicht noch einmal wiederholt. Wir alle hüteten uns, ihn durch irgend etwas aufzuregen. Aber er bat Frau Dora und mich, den Nachbarn nicht zu wehren, die ihn besuchen wollten, so daß wir sie für kurze Augenblicke zu ihm ließen. Er hatte wertvolle Aussprachen mit ihnen. Auch die Kinder mußten wir hereinführen. Er ermahnte sie, mir durch Gehorsam zu helfen, da ich ja jetzt viel mehr Arbeit hätte.

Aber es war seltsam: Als Martin nicht mehr konnte, löste ihn ein anderer ab. Janik, der jeden freien Augenblick bei seinem Vater verbrachte, war auf dessen Wunsch gern bereit, bei den Kleinen zu helfen, und der Junge war mir wirklich eine Hilfe. Wir beteten vor und nach dem Unterricht miteinander. Mit Freuden erzählte er dem Vater, was wir getan hatten, aber jede üble Nachricht verschwieg er schonend.

Frau Dora pflegte ihren Mann bei Tag und Nacht. Durch freundliches Gespräch verkürzte sie ihm schlaflose Stunden. Nun durfte sie ihm ihre ganze Liebe zeigen, denn an den Pforten des Todes fallen alle Rücksichten weg. Manchmal freute ich mich mit ihnen, dann wieder tat mir das Herz weh, daß sie erst im Tal der Todesschatten glücklich sein durften.

Obwohl Martin so krank war, durften wir unsere Morgen- und Abendandachten nicht ausfallen lassen. Auch jetzt waren wir auf wunderbare Weise miteinander verbunden, und Janik mit uns. Martin bat mich, an Hajek zu schreiben, er möge ihn noch einmal besuchen, wenn er Urlaub bekäme. Er sehne sich danach, ihn noch einmal zu sehen und mit ihm zu sprechen. Ich tat es und erhielt telegraphisch den Bescheid, daß er nächste Woche kommen würde. Ich brachte Zapola die Nachricht. Er war mit seinem Jungen allein, Frau Dora machte das Mittagessen fertig.

Vater und Sohn bildeten eine schöne Gruppe. Der Junge kniete vor dem Sofa und hatte die Arme um den Nacken seines Vaters geschlungen.

„Väterchen, geht es dir nicht mehr so schlecht? Du siehst doch schon viel besser aus! Wenn dir alle Leute viel gute Sachen schicken und Mutter sie lecker zubereitet, dann wirst du doch wieder gesund, nicht wahr?"

Aus der schmeichelnden Frage klang der Wunsch heraus, ein starkes, frohes „Ja" zu hören.

Martin streichelte das Haar seines Kindes. „Ja, mein Janicko, es geht mir sehr gut. Mich umgibt irdische und himmlische Liebe, was will ich mehr?"

„Weißt du, Väterchen, Mutter war auch mal sehr krank, damals, als du noch weg warst. Aber als der Frühling kam, wurde sie wieder gesund. Und wenn es jetzt noch etwas wärmer ist, dann tragen wir dich an die Sonne, und die macht dich gesund, bestimmt, Väterchen!"

„Janicko, würdest du es mir nicht gönnen, wenn ich schon bald den Heiland sehen dürfte?"

„Doooch, das schon! Aber sieh, Väterchen, er wartet ganz gewiß gern noch etwas auf dich. Wo wir dich doch so lange nicht bei uns hatten! Wenn du schon jetzt zu ihm gingst, was sollten die Mutter und ich und auch der Herr Lehrer dann machen? Ein wenig bleibst du schon noch, nicht wahr?"

Zwei strahlende Kinderaugen sahen zu Martin auf, als läge es in seiner Macht, ob und wann er die Seinen verlassen könne.

„Weißt du, mein Janicko", erklärte Marin bewegt, „wenn mir Gott diese Gnade geschenkt hat, daß sie mich dort an der Front nicht lebendig begraben haben, wenn er mir erlaubte, euch lebend und gesund wiederzusehen, ja sogar mit euch zusammenzuwohnen, so kann ich ihm gar nicht genug dafür danken und will ihm, der mir so viel schenkte, unter allen Umständen gehorsam sein. Wenn er mich nun zu sich ruft, sieh, dann muß ich auch gehen. Er hat einst dir und mir zuliebe seinen Vater verlassen und ist zu uns in die Fremde gekommen, er ist gehorsam ans Kreuz gegangen, um für uns zu sterben – sollten wir da nicht ohne Murren das tun für ihn, was er von uns verlangt?"

„Jaaa, Väterchen, das schon! Aber er ist doch nun wieder bei seinem himmlischen Vater, er hat den ganzen Himmel voller Menschen und Engel, er hat so viele – und ich habe doch nur dich..."

Leidenschaftlich schlangen sich die Arme des Jungen um den Hals des Vaters, und von den Backen rannen Tränen.

„... und Mutter!" versuchte Martin zu trösten.

„Ja, schon, aber Mutter ist doch eine Frau!"

Jetzt hielt ich es für angebracht, in das Gespräch einzugreifen.

„Janicko", sagte ich so beschwichtigend wie möglich, „weine nicht, du weißt doch, daß sich Vater nicht aufregen darf, sonst wird es wieder schlechter mit ihm."

Da verstummte das Weinen sofort, und der Junge sah hin zu mir.

„Unser Heiland weiß ja, daß du deinen Vater noch brauchst, er wird schon alles richtig machen."

Diese Worte trösteten den Jungen.

„Ich danke Ihnen", sagte Martin später zu mir, „daß Sie Janik beruhigt haben, aber Sie dürfen keine trügerischen Hoffnungen in ihm wecken."

„Gewiß nicht, Martin, aber ich meine doch wirklich auch, daß Sie noch ein wenig bei uns bleiben. Oder fühlen Sie sich vielleicht wieder schlechter?"

„Körperlich nicht, aber ich weiß, daß ich nicht mehr lange hier sein werde und muß alle meine Lieben allmählich darauf vorbereiten."

„Fällt es Ihnen nicht auch schwer, wegzugehen?" fragte ich bang.

„In solchen Augenblicken wie eben, wohl. Das Herz sträubt sich gegen dieses Scheiden, denn Janik hat ja recht: Er ist Blut von meinem Blut, und ich durfte ihm nur so kurze Zeit Liebe erweisen und eine männliche Hilfe sein. Ich muß ihn so früh allein lassen..."

Da trat Frau Dora ein, und wir beendeten unser Gespräch.

* * *

Unser lieber, armer Martin wird täglich schwächer. Wir essen in seiner Stube, damit er jemanden um sich hat und es ihm besser schmeckt. Nach Tisch halten wir eine kleine Andacht, darüber schläft er meist mit glücklichem Lächeln ein. Auch Frau Dora ist sehr erschöpft von dem anstrengenden Tag- und Nachtdienst.

Heute zum Sonntag, schickte ich Janik, der mir manchen wichtigen Gang abnimmt, mit einem Brief zum Doktor. Frau Dora bat ich, sich um ihrer Gesundheit willen auch einmal ein wenig frische Luft zu gönnen und wegzugehen. Sie willigte ein und wollte bei dieser Gelegenheit die Muhme besuchen. Ich war inzwischen mit Martin allein.

Das Feuer im Kachelofen knisterte und erleuchtete märchenhaft die in der Dämmerung liegende Stube – unser Emmaus, wo auf der Bank am Fenster zwar ungesehen, aber dem Herzen doch fühlbar nahe, Jesus bei uns gesessen und uns die Schrift ausgelegt hatte. Ich stellte mir vor, wie es sein würde, wenn Martin mit ihm gehen und ich allein zurückbleiben müsse. Aber ich verscheuchte die Gedanken, die sich nur um mich bewegten, und dachte lieber darüber nach, wohin er ging und was dort auf ihn wartete.

Ein leises Klopfen und ein noch leiseres Öffnen der Tür störte mich in meinen Träumereien. Hajek war eingetreten und stand, vom Feuerschein beleuchtet, vor mir. Ich wunderte mich, daß er schon da war, aber freute mich darüber. Ich legte den Finger an den Mund und begrüßte ihn schweigend. Dann führte ich ihn zum Sofa. Er senkte den Kopf und blickte in das stille Antlitz des Schlafenden. Er erkannte sofort, wie es um Martin stand.

„Wie ist das gekommen?" fragte er flüsternd. „Er war doch nicht krank? Ist ihm etwas geschehen?"

„Doch", entgegnete ich ebenso leise, „er war krank, und die Krankheit ist nur fortgeschritten. Zwar schien es, als ob die Freude der letzten Wochen ihn wieder gesund machen würde, aber leider schien es nur so. Vor etwa zwei Wochen bekam er einen heftigen Anfall, und seitdem geht es dem Ende zu. Er hat Sie rufen lassen, um Abschied zu nehmen. Es ist gut, daß Frau Dora gerade nicht hier ist. Vielleicht wird er aufwachen und ein ungestörtes Wort mit Ihnen sprechen wollen."

„Wie freue ich mich, daß ich so schnell Urlaub bekommen habe! Gott hat das wohl so gelenkt!"

Da regte sich Martin.

„Ist Hajek wirklich da?" fragte er. „Ich höre doch seine Stimme."

„Ja, ich bin hier, mein Freund! Aber wie muß ich dich finden!"

Und er trat näher an Martins Bett heran, während ich das Feuer schürte, damit es heller leuchten sollte.

„Ja, Hajek, du findest mich bereit, den weiten Weg zu gehen. Wo ist Dora?“ fragte er dann. Ich erklärte es ihm. Er nickte leicht. „Das ist gut, so kann ich noch mit dir allein ein paar Worte wechseln. Ich möchte dich, Hajek, um etwas bitten. Nicht für sie, aber für meinen Jungen. Er hängt mit ganzem Herzen an mir, und das ist ja kein Wunder, haben wir doch einander nur so kurze Zeit gehabt. Wenn er sehr klagen und trauern wird, dann habe Geduld mit ihm. Er ist ja noch ein Kind und wird sich mit der Zeit damit abfinden. Und du bist ihm ja Jahre hindurch ein guter Vater gewesen, er schätzt dich und hat dich lieb. Da ich wußte, daß ich nicht mehr lange hier sein würde, habe ich nur einen Teil meines väterlichen Erbteils abgehoben und alles andere zusammen mit meinem Testament stehengelassen. Ich habe zwischen meinem und deinem Sohn geteilt, da du ja auch Janik so viele Jahre versorgt hast. Dora hinterlasse ich unsere Hütte, falls ihr in eurem Alter hier wohnen wollt, sonst könnt ihr sie verkaufen. Janik ist körperlich weder für einen Landwirt noch für einen Handwerker sonderlich geeignet. Er hat dafür geistige Fähigkeiten, wie ich sie auch hatte. Mein größter Wunsch früher war, Lehrer zu werden. Möge er es an meiner Stelle werden. Laß ihn für das, was ich ihm hinterlasse, studieren. Versprichst du mir das, Albert?“

„Ja, Martin“, sagte Hajek fest, doch tief ergriffen. „Sie, Herr Lehrer, sind Zeuge. Janik soll mit Gottes Hilfe ein tüchtiger Lehrer werden. Auch ich will das meine dazu tun. Und dann hab’ herzlichen Dank, daß du auch an meinen Sohn gedacht hast. Diese Liebe ist mir die Gewißheit, daß du mir nicht zürnst, daß du mir allen Schmerz, den ich dir ohne es zu wollen zufügen mußte, vergeben hast. Aber nun sollten wir wohl aufhören, zu sprechen, es strengt dich zu sehr an.“

„Ja, Albert, ich bin schwach, sehr schwach! Bitte, Herr Lehrer, beten Sie doch mit uns, damit ich noch etwas schlafen kann, bevor Dora mit Janik zurückkehrt."

Ich erfüllte Martins Wunsch und war voll Dankbarkeit unserem allmächtigen Gott gegenüber, der diese kummervolle Angelegenheit zu einem schönen Ausgang gebracht hatte. Auch Martin betete, aber wir konnten ihn nicht verstehen, doch es klang ergeben und dankbar. Zuletzt – ich hörte es voll Staunen – begann auch Hajek zu beten, und ich erkannte, daß dieser suchende Mensch seinen Gott durch Jesus Christus gefunden hatte. Unter anderem dankte er auch dafür, daß ich ihn nicht in schuldhafter Selbstgerechtigkeit weiter hatte schlafen lassen, und daß Martins opferwillige Liebe ihn dem Herzen des Heilandes zugeführt hatte.

Martin wurde durch dieses Gebet wie neu belebt. Auf seinem Gesicht lag der Ausdruck tiefer innerer Freude.

Kurz darauf trat Frau Dora mit einer brennenden Lampe ein. Janik brachte dem Vater einen frisch erblühten Kirschenzweig mit. Er hätte eigentlich zu Weihnachten aufblühen sollen, hatte sich aber verspätet und kam nun zur rechten Zeit, eine scheidende Seele zu erfreuen. Dann umarmte der Junge fröhlich seinen Stiefvater, und auch Frau Dora gab Hajek freudig überrascht die Hand zum Gruß. Dann eilte sie in die Küche, das Abendbrot fertig zu machen.

Martin aber, den blühenden Zweig seines Sohnes in den Händen, lag zufrieden in seinen Kissen und sah uns zu. Er trank etwas Milch und aß auch von dem Backwerk, das Hajek von seiner Mutter mitgebracht hatte. Bald darauf schlief er ein wenig ein.

Doch nicht lange. Nach einigen Minuten wurde er wach und bat uns, mit ihm zu singen und zu beten. Wir sangen auf seinen Wunsch hin:

„Jerusalem, du hochgebaute Stadt,
wollt Gott, ich wär' in dir!
Mein sehnend Herz solch groß Verlangen hat
und ist nicht mehr bei mir...“

Dann lasen wir zusammen den 91. Psalm. Martin meinte, er könnte wohl darüber einschlafen, und wir sagten ihm zuvor alle „Gute Nacht“. Er betete noch kurz mit uns, doch waren seine Worte kaum mehr zu hören. Wirklich war er auch bald wieder eingeschlafen, sanft, mit glücklichem Herzen, aber doch so fest, daß ihn erst die Posaune des Erzengels aus diesem Schlummer erwecken wird.

* * *

In Topolova erinnerte man sich keines Begräbnisses von so zahlreicher, echter und herzlicher Teilnahme: Kinder und Frauen, Männer und Greise, kurz – alles, was laufen und sich irgendwie zu dieser Feier freimachen konnte, hatte sich dazu aufgemacht. Die einen meinten, er habe so an der Heimat gehangen, daß er nur aus der Gefangenschaft heimgekommen sei, um hier zu sterben. Viele beklagten, daß sie auf Erden nie wieder das liebe, blasse Antlitz sehen, nie wieder die bedächtige, leise und doch eindringliche Stimme hören würden, die ihnen so voll Liebe gute Worte gesagt hatte. Jeder der Trauernden hatte einen schweren Verlust erlitten ... Und ich ...? Was sollte ich vorbringen? Durfte ich klagen, da ich wußte, wohin er gegangen war? Wenn mein Herz auch trauerte um diese Lücke in meinem Leben, mußte ich nicht dennoch dankbar sein, daß ich hatte dabei sein dürfen, als dieses Leben begann, als diese Seele, die so lange in Fesseln gelegen, in die endgültige, ewig währende Freiheit kam?

Als ich in das offene Grab zu meinen Füßen sah, als liebe Hände den Sarg hinabließen und die Heimaterde den Sohn aufnahm, der nach langen Jahren zurückgekehrt war, um in ihrem Schoße auszuruhen, da war es mir, als könne ich hier in Topolova ohne ihn nicht mehr leben.

Mein Blick fiel auf den Doktor, der gleichfalls dem Sarg nachschaute und sicher dasselbe sah wie ich: den schlafenden Menschen mit dem Abglanz tiefen Friedens auf dem Gesicht und dem blühenden Kirschzweig in der Hand, dem Zeichen der auferstehenden Natur. Ja, er kann in Frieden schlafen, denn er weiß um die Macht der Liebe, die allen Todesschatten überstrahlt. Aber die Menschen, die hier herumstehen – wie wenig wissen *sie* von ihr! In Martins Lebensschiff ist Jesus Christus gerade damals getreten, als die Wellen der Trübsal es in ihrem Strudel zu verschlingen drohten. Mit ihm trat eine große, beruhigende und freimachende Stille in das kleine Schiff, und es kam glücklich zum Hafen. Wieviele Lebensschiffe aber treiben noch immer auf den wogenden und brandenden Wellen der Not, der Unwissenheit, Unsicherheit und Angst? Welche Aufgabe für uns, die wir den Felsen kennen, auf dem unsere Sicherheit gegründet ist!

„Herr, mach' mich stark und treu", betete ich am Grab meines Freundes, „zeige du mir die Wege, die ich gehen soll, und leite mich mit deinen Augen ..."

In der Reihe H (»Heimatlicht«) in der Edition C sind bisher erschienen:

Helene Hübener, REICH IN GOTT
Edition C, Nr. H 1, 248 Seiten
Helene Hübener, MARIA UND LISA
Edition C, Nr. H 2, 256 Seiten
Helene Hübener, VERSCHLUNGENE WEGE
Edition C, Nr. H 3, 224 Seiten
Helene Hübener, ES MUSS DOCH FRÜHLING WERDEN
Edition C, Nr. H 4, 336 Seiten
Helene Hübener, DREI FREUNDINNEN
Edition C, Nr. H 5, 160 Seiten
Helene Hübener, UNTER EINEM DACH
Edition C, Nr. H 6, 224 Seiten
Helene Hübener, AUS DEM LEBEN EINER WAISE
Edition C, Nr. H 7, 248 Seiten
Helene Hübener, IM ROSENHAUS
Edition C, Nr. H 8, 208 Seiten
Charlotte Woerner, VRENELIS GOLDENES HÄMMERLEIN
Edition C, Nr. H 9, 136 Seiten
Charlotte Woerner, GEISSEN-KASPARS GROSSES ERLEBNIS
Edition C, Nr. H 10, 80 Seiten
Bertha Schmidt-Eller, HAUS GUDELIUS
Edition C, Nr. H 13, 184 Seiten
Käthe Dorn, DAS WEISSE KLEID
Edition C, Nr. H 14, 64 Seiten
Margarete Lenk, DES WALDBAUERN FRIEDEL
Edition C, Nr. H 15, 120 Seiten
Kristina Roy, OHNE GOTT IN DER WELT
Edition C, Nr. H 16, 64 Seiten
Helene Hübener, GROSSMÜTTERCHEN
Edition C, Nr. H 17, 280 Seiten
Wilhelm Jörn, ANNEGRET STELLT DAS HAUS AUF DEN KOPF
Edition C, Nr. H 18, 112 Seiten
Helene Hübener, TANTE HEDWIG
Edition C, Nr. H 19, 272 Seiten
Käthe Dorn, DIE SCHÖNSTEN HÄNDE
Edition C, Nr. H 20, 64 Seiten
Kristina Roy, IM SONNENLAND
Edition C, Nr. H 21, 128 Seiten
Helene Hübener, DIE SILBERNE KETTE
Edition C, Nr. H 22, 292 Seiten
Kristina Roy, DREI KAMERADEN
Edition C, Nr. H 23, 120 Seiten
Margarete von Oertzen, IN FRIEDEN
Edition C, Nr. H 24, 172 Seiten
Helene Hübener, OLGA UND IHRE SCHWESTERN
Edition C, Nr. H 26, 296 Seiten
Kristina Roy, DER KNECHT
Edition C, Nr. H 27, 128 Seiten
Kristina Roy, GLÜCKLICHE MENSCHEN
Edition C, Nr. H 28, 64 Seiten
Helene Hübener, DIE NACHBARN
Edition C, Nr. H 29, 308 Seiten
Helene Hübener, NUR TREU
Edition C, Nr. H 30, 172 Seiten
F. A. Hoffmann, WENN WIEDER WEIHNACHTSROSEN BLÜHEN
Edition C, Nr. H 31, 112 Seiten
Charlotte Woerner, SPUREN IM AUSTRALISCHEN BUSCH
Edition C, Nr. H 32, 128 Seiten
Anna von Blomberg, BIS INS DRITTE UND VIERTE GLIED
Edition C, Nr. H 33, 168 Seiten
Kristina Roy, IN DER VERBANNUNG
Edition C, Nr. H 34, 96 Seiten
Margarete Lenk, IM FERNEN WESTEN
Edition C, Nr. H 35, 152 Seiten
Helene Hübener, IN DEN BERGEN
Edition C, Nr. H 36, 160 Seiten
Grace Livingston Hill, EIN AUSGEFALLENER PLAN
Edition C, Nr. H 37, 136 Seiten
Käthe Dorn, ADELES WANDLUNG
Edition C, Nr. H 38, 112 Seiten
Anna von Blomberg, EIN UNRUHIGES HERZ
Edition C, Nr. H 39, 256 Seiten
Otto Kägi, LONDONER SPATZEN
Edition C, Nr. H 40, 64 Seiten
Gerda von Kries, DAS GROSSE HEIMWEH
Edition C, Nr. H 41, 64 Seiten
Elisabeth von Maltzahn, WENN ICH IHN NICHT HABE . . .
Edition C, Nr. H 42, 96 Seiten
Amy LeFeuvre, CAROLAS REICHTUM
Edition C, Nr. H 43, 124 Seiten
Margarete Kühne, GOTT SEGNET ANDERS
Edition C, Nr. H 44, 64 Seiten
Elisabeth von Maltzahn, GETRAUTE TREUE
Edition C, Nr. H 45, 172 Seiten
N. P. Madsen, WENN DIE SONNE AUFGEHT
Edition C, Nr. H 46, 186 Seiten
Ernst Schreiner, DIE HÖCHSTE EHRUNG
Edition C, Nr. H 47, 64 Seiten
Helene Hübener, ONKEL TOBIAS
Edition C, Nr. H 48, 88 Seiten
U. Pansy, ESTHER RIED
Edition C, Nr. H 49, 250 Seiten
Margarete von Oertzen, IM FISCHERDORF
Edition C, Nr. H 50, 49 Seiten
Hedwig von Redern, DER GESTRENGE
Edition C, Nr. H 51, 96 Seiten
Kristina Roy, HEIMGEFUNDEN
Edition C, Nr. H 52, 276 Seiten
Helene Hübener, EIN LETZTER GRUSS
Edition C, Nr. H 53, 76 Seiten
U. Pansy, JULIA RIED
Edition C, Nr. H 54, 260 Seiten
U. Pansy, ALFRED RIED
Edition C, Nr. H 55, 240 Seiten
Clara Heitefuß, ICH SUCHTE IHN . . .
Edition C, Nr. H 56, 208 Seiten
G. Holtey-Weber, DIE MACHT DES EVANGELIUMS
Edition C, Nr. H 57, 208 Seiten
U. Pansy, AUS ALTEM STAMM
Edition C, Nr. H 58, 192 Seiten
Kristina Roy, DIE ZWEITE FRAU
Edition C, Nr. H 59, 156 Seiten
Kristina Roy, ALS DAS LEBEN BEGANN
Edition C, Nr. H 60, 64 Seiten
A. Swan, DIE ENGE PFORTE
Edition C, Nr. H 61, 128 Seiten
Weitere Titel in Vorbereitung